新潮文庫

占（うら）

木内　昇著

新潮社版

11636

目次

占(うら)

時追町の卜い家

一

もうここには来ないで、と桐子は言った。

玄関戸に手を掛けた男の、こちらに向けられた柔らかな笑みが一瞬で凍てつき、薄墨に浸したように沈んでいった。

今日でおしまい。あなたといた時間は本当に愉しかったし、感謝もしてる。だけどこの先一緒にいても仕様がないと思うの——そう追い打ちを掛けた桐子に、彼はひと言も返さなかった。追いすがることも、わかったと頷くことすらせずに、ふらりと敷居をまたいで、それきりになった。

これで気鬱から解き放たれる、自分の暮らしに戻れると、その日は心底清々したのだ。それなのに翌朝目が覚めると、桐子は手酷い後悔で雁字搦めになっていた。翻訳の仕事もろくろく手につかず、日がな一日、窓からぼんやり表を眺めている。夏の陽を受けて木々の一葉一葉が命を謳歌するように輝いている様がまた、桐子をいたずらに責め立てた。

かわいそうなことをした。苦しんでいる男を見捨てるような真似をしてしまった。助けてやることも、話を聞いてやることさえせずに、突き放したのだ。

夜は眠れず、食欲も失われていった。部屋に残る、男の使った箸や寝間着が目に入るたび、桐子の胸は歪な音で軋んだ。

ひょんなきっかけで縁を結んだ男だった。

四年前に父が逝ってから、桐子はこの咲山町の一軒家に独りで住まっている。三十女が独り住まいだなんて、と周りは哀れんだり訝ったりしたが、生まれ育った家は慣れ親しんだ親友のように居心地が良かったし、女学生の時分に夢中で学んだ英語を活かして翻訳の仕事も得ていたから暮らしに詰まることもなく、気ままな日々を楽しんでいたのだ。

男は、瓦の修繕を頼んだ大工に付いていた弟子だった。軒先が少し崩れただけだったから作業は半日も掛からずに終わり、ふたりの職人があっさり引き上げていったその晩、玄関戸を叩く者があって出てみると、弟子の若者が佇んでいたのだった。

「今、仕事が終わったんで」

不可解な一声を彼は放ち、やにわに工具を広げた。意味がわからず動じる桐子に構うことなく下駄箱の戸を外すや、その一辺を鉋で削りはじめたのだ。

「ぴったり閉まらないでしょ、この戸。昼間、奥さんに出していただいたお茶をこちらでご馳走になったとき、目に付いたんですよ。親方がいるんで口出しできなかったけど、どうにも気になっちまって」

こちらは見ずにひと息に言い、手際よく鉋をかけ終えると、引き戸の溝に蠟を塗ってから戸をはめた。滑らせた戸が隙間なく閉まる。すると彼は振り返り、満面の笑みをたたえたのだ。子供みたいに笑う人だ、と桐子は胸を押さえる。平素、眉間に深い皺を刻んで小難しいことばかり並べ立てる仕事仲間としか接していない彼女にとってそれは、感銘を覚えるほど鮮やかな笑みだった。

ありがとうございます、そしたら御代を、と言った桐子に、道具を片付けながら「とんでもない」と彼はかぶりを振った。

「わっちが勝手に気になって伺わせていただいただけですから」

下駄箱脇に立てかけてあった箒を目敏く見付けて、鉋屑を掃き集め、彼はそれを自分の頭陀袋に放り込んだ。こちらで捨てますから、と慌てる桐子に、笑顔のまま首を横に振った。

「夜分にお邪魔しました。時分時に奥さんを付き合わせちまって、かえって申し訳なかったです」

男が頭を下げた拍子に、私は奥さんじゃあないんです、とつい口走ってしまったのはどういうわけだったのだろうと、未だに桐子は不思議に思う。一軒家に住む薹の立った女に対して、出入りの業者が「奥さん」と呼びかけるのはよくあることで、桐子はそれにすっかり慣れて逐一改めずにきたのである。

男は束の間目を丸くし、それから視線をほうぼうにさまよわせた。さも大きな失態をしでかしたといった挙措に、彼女のほうがいたたまれなくなった。もしよければ今度遊びにいらしてください、今日のお礼に甘いものでも差し上げますから。ばつの悪さを拭おうと、ふと言ってしまってから、子供に駄賃でもやるような物言いだと慌てた。が、男は気にする素振りもなく、「そいつぁありがてぇな。是非伺います」と素直に応じた。その返事を受け取ってから、ひどく大胆な誘いをしてしまった、と桐子は密かにうろたえたのだ。

男はけれど、なかなか訪ねてはこなかった。ひと月が過ぎた頃には、彼は誘いを社交辞令ととったのだろうし、自分も勢いで言ってしまっただけだから、と桐子は気持ちを片付けた。それでも時折、大正も末だというのに江戸っ子みたような気っ風が滲んだ男の様子を想った。どういうものか、それだけで決まって胸の奥底が和らいだ。

男がひょっこりやって来たのは、修繕からふた月が経った、春先の夕間暮れだった。大工道具を抱えた作業着姿で、「今、仕事が終わったんで」と以前と同じ台詞を口にして、彼は顔を赤らめた。お菓子、今日は支度がなくて。桐子は、それだけ返すのが精一杯だった。嬉しいような、愛おしいような、懐かしいような、これまで味わったことのない感情が湧き出して、型どおりの受け答えを阻んだのだ。

男は伊助と名乗った。所作や言葉遣いだけでなく名前まで江戸風だと、桐子は可笑しかった。座敷にあげると、彼は書斎にしている奥の六畳間を埋め尽くした本の山に目を留め、「すげぇなぁ。異人さんの言葉がわかるんですか」と、大仰に驚いてみせた。桐子の出した茶を「熱ぃ」と言いながら啜り、「この家はなんだか居心地がいいな」とつぶやいたと思ったら、その場にごろりと寝そべったのだ。ろくに言葉も交わさぬうちに、あたかも自分の家よろしくくつろぐ男に肝を潰しはしたが、桐子は少しも嫌な気がしなかった。それどころか、この家に彼がいる景色が至極自然であるように感じられたのだった。

男と深間になるまで、時間はかからなかった。伊助は三日に一度は桐子の家に顔を出し、桐子の支度した夕飯を頬張る。

「うめぇな。うちは竈も壊れてっから、ろくな支度ができないんだよ」

幸甚町の長屋に、彼はひとりで住まっている。親方の家が近ぇし、家賃も安いから決めたんだが、台所も便所も朽ちかけてるあばら屋で、雨漏りまでするんだぜ、と彼は幾度となく笑い話にした。それで桐子は、馴染んでふた月が経った頃、そっと告げてみたのだ。

もしよければ、ここで一緒に住まないか、と。

告げたのは半ば勢いだったが、けっして思いつきではない。伊助とはいずれそうなるだろうという予感が、初手からしていたのである。

いいのかい、と彼はいつもの照れ笑いで応えるはずだった。家賃はいただくよ、と桐子は冗談口で返すつもりであった。

ところが伊助は声を呑んで、目をそばめたのだ。それきり押し黙ってしまったからさすがに気まずくなって、冗談よ、そんな仲でもないものね、と桐子が繕うと、伊助はようようこちらに向いた。これまで見たことがないほど物憂げな面持ちだった。

「ちょいとご不浄を借りるよ」

不意に断って彼は腰を上げ、ずいぶん経ってから戻ってきた。桐子の向かいに正座して、大きく息を吸った。それから苦しげに口を開いた。

「わっちには、離ればなれになった妹がいます」

途切れ途切れの声だった。目にはうっすら涙が溜(た)まっている。ただならぬ様子に、桐子も居住まいを正した。

「その妹を、なんとか探し出したいと思ってる。それまでは自分が落ち着くわけにはいかねぇんだ。わっちにとっては妹が、この世で一番大事だから」

妹といっても、血の繋(つな)がりはないのだ、と彼は言った。

伊助は三つで父を亡(な)くし、しばらくは母親に女手ひとつで育てられたが、八つのとき、母が後妻に入った。その相手にも連れ子があった。伊助より五つ下の梅(うめ)という娘である。目がくりくりした器量よしで人懐(ひとなつ)こくもあったから、母は実の子のように梅をかわいがったし、伊助もまた兄としてこまめに世話を焼いた。あいにく伊助は義父との折り合いが悪く、十五になると逃げるようにして家を出て、今の棟梁(とうりょう)の下に弟子入りしたが、それでも梅に会うためだけに、休みのたび三里も離れた実家(さと)へ足を運ぶことは欠かさなかった。

「梅のために土産を買って、次はどこへ連れて行ってやろうかと考えるのが愉しくてね。そら、恋仲になると、相手をどこへ連れてってやろうかと男はあれこれ思い巡らすだろう？　あれと似たような感じかもしれねぇな」

伊助が目を細めて語るのを聞きながら、そういえば自分はこれまで一度たりともどこかに連れて行ってもらったことがなかったな、と桐子は気付く。彼は仕事帰りにふらりとここを訪れて、休んでいくだけなのだ。泊まったところで、買い物ひとつ、一緒に出掛けたことはないのだった。

梅が実家から消えたのは、二年前のことだという。十五になったから奉公に出したと義父は言ったが、実は遊里に売られたのだと母が泣きながら打ち明けた。義父の商売はだいぶ前から左前で、見かねた梅が自ら願い出て決めてしまったらしい。目の前が暗くなると同時に、実の娘が身を売るのを止めなかった父親に殺意さえも覚えた、と伊助は唇を噛んだ。

「それきり実家には帰ってねぇんだ。わっちは梅を探し出そうと、暇を見つけちゃほうぼう訊いて回ってるんだが、なかなか手がかりが摑めねぇ」

伊助を慰めなければ、と頭ではわかっていた。それなのに、泥だらけの下駄で胸を踏みしだかれているようで、息をすることさえ難儀だった。ようやくの思いで、そうなのね、話してくれてありがとう、と絞り出したとき、ついさっきまで自分の手元にあると信じていた伊助の心が、桐子にはまったく見えなくなってしまったのだ。

この日以来、伊助は憚ることなく梅の話題を口に上らせるようになった。

「虱潰しに片っ端から貸座敷に当たってるんだが、なかなか行方が知れねぇんだ。一昔前なら張見世があって直に妓の顔を拝めたが、昨今じゃ写真見世だろう。写真じゃどうも判じがつかなくてさ」

詮方なく見世の門口を守る見番に訊いてはみるものの、男たちは一様に口が堅い。さぁ、どうですか、と言い抜けて、まともに取り合ってくれないのだという。休みのたびに遊里を尋ね歩き、消沈して桐子の家へやって来ては、「わっちは情けない兄貴だ、妹ひとり守れなかったんだから」と、溜息と一緒に吐き出す。それから決まって、妹との思い出話をひとくさり語る。小さい頃に川で遊んだこと、花火や祭りに連れて行ったこと。桐子の支度した飯を頬張りながら上機嫌で話に興じていたかと思うと、「今、梅がなにをしているのか考えるだけでおかしくなりそうだ」と、頭を抱えるのだった。

自らの懊悩をまき散らすばかりで、伊助は桐子の仕事や生い立ちについては一切興味を示さない。仕事の打ち合わせで訪ねてきた編輯者から、翻訳の心得や、技術の習得法、好きな本や趣味、はては好物まで多岐にわたって質問をされるたび、伊助からは月並みな関心すら持たれていないのだ、と桐子は虚しかった。

伊助といるとどんどん自分が透明になっていくようだった。そのくせ、ふたりの間に挟まった梅の存在は日増しに膨らんでいくのだ。恋敵でもなんでもない、ただの妹ではないか、と自らを慰めるたび、伊助と梅の間には血の繋がりがないという事実に行き着いて、薄暗い嫉妬(しっと)に駆られるのである。

梅雨にさしかかる頃には、江戸の気っ風を感じさせた出会った頃の彼の様子を思い出すことすら、桐子には難しくなっていた。

「本当は、わっちはもう独り立ちできる腕があるんだ。それでも親方のところに身を置き続けているのは梅のためなんだ。今の奉公先を梅は知ってるからさ。同じ長屋に住み続けているのも、梅がいつでも訪ねてこられるようにそうしてるんだ。わっちは梅のためならなんでもする。なんだって我慢できるんだ」

梅への思いを語られるたび、ならば私はなんなのだ、と桐子は苛立(いらだ)つ。悩みを四六時中聞かされるだけの付き合いにどんな意味があるのかと、うんざりもする。それでも桐子はどういうものか、伊助を嫌うことができなかった。伊助に腹の中の不満を真(ま)っ直(す)ぐにぶつけられたらどれほど楽になるだろうと想像しながらも、波立つ内心を抑え込んでひたすら彼の話を聞き続けたのだ。

二

梅らしき半玉が見つかった――伊助から告げられたのは、六月半ばのことだ。

「一度会いに行ってくる。品江町の貸座敷らしいんだ。もし本当に梅だったら、わっちが身請けする。そのための金は貯めてきたんだ」

身請け、と聞いて、また胸が軋んだ。それでもなんとか笑みを作って、よかったじゃあないか、とひりつく喉で懸命に返した桐子に、その晩、布団に入ってから伊助は告げたのだ。

「これで最後にするか」

伊助の腕に頭を乗せていた桐子は身をはがし、すっかりはだけた浴衣の前をかき合わせた。なんて言ったの？　どうしてそんなこと言うの？　そう問うより前に、こちらを見詰める真剣な目に突き当たって声が干上がった。薄暗がりの中でも、伊助の白目は冴え冴えとした光をたたえている。

「わっちはもうすぐ梅に会える。うまくすれば梅を引き取れる。そうしたら梅とふたりで暮らすんだ。それが梅の傷を癒やすには一番いいからさ。ただそうなったら、桐子さんは独りになっちまうだろう」

馴染んで三月も経つのに、伊助はまだ「桐子さん」と他人行儀に呼ぶ。こちらのほうがうんと年上だから遠慮しているのだと思うようにしていたが、線を引くためにあえて他人行儀に呼んでいたのか、とこのときうっすら悟った。

「わっちには家族がある。実家の親とは縁を切ったが、梅っていう命よりも大切な妹がいる。けど、桐子さんには家族がないだろう。わっちがここに来なくなったら独りきりになると案じてるんだ。それで、ずっと後ろめたい思いでいたんだよ」

桐子は半身を起こして帯を硬く締めた。最前の動揺はぴたりと止んで、この男はなにを言い出したのだろう、という窃笑が湧き上がってきていた。

私はそもそも、あんたと一緒になろうとまでは考えていないんだ。もちろん一緒に住むのは構わないと思ったけれど、それは朽ちかけた長屋に暮らすあんたを哀れんでのことだ。これまで独り気ままに生きてきたから、こういう男を面倒見るのもいいかもしれないと気が向いただけのことだ。あんたなんぞに温情をかけてもらわなくたってやっていけるし、私には仕事仲間も親しい友人もある。親兄弟はなくとも、叔母やいとこがいる。あんたひとりが来なくなったくらいで、私が独りになることなぞないんだ。同情される謂われはなにもないんだ——。

胸の内に噴き出した雑言を、どこからどう言ってやろうかと整理するうちに、伊助はさっさと起き上がり、脱ぎ捨てた作業着を拾い上げた。

「今日は帰るよ。明日早ぇから」

そそくさと身支度を調えて三和土で草履をつっかけた伊助に、しばらく仕事が忙しくなるから、悪いけど当面独りにしてほしい、と桐子は言った。情けないことに、それだけ言ってやるのが精一杯だった。

伊助は別段疑う素振りも見せず、「そうか、わかった」と、さっぱり返した。表まで見送らずに玄関に鍵をかけて、その晩、桐子は布団に戻らなかった。あの男には、もう会わない。伊助のことはもう忘れる。洋燈もつけずに仕事机に向かい、空が白んでくる頃まで一心不乱にそう唱え続けたのだ。

伊助との縁は、けれども容易には切れなかった。桐子が離れようとすると、彼は機敏に察して通って来る。そういうときは決まって、わらび餅だの饅頭だのと桐子が好きなものを手土産にさげてきた。家でも茶を注いでくれたり、布団を敷いてくれたりと、なにくれとなく気を遣う。優しく尽くしてくれる男に、桐子は自分への恋情を信じようとした。が、すぐにそれは幻想でしかないことを思い知らされる。

「桐子さんはわっちよりずっと世間を知ってるだろう。顔だって広いだろう。例えばさ、仕事相手で身請けに力を貸してくれそうな人の心当たりはないもんだろうか」

桐子の仕事にろくすっぽ興味を持たないのに、時にそんなことまで訊いた。

私は、単なる悩みの受け皿なのだ。私の人脈を、この男は利用しようとしているだけなのだ――胸が濁ったがそのたび、金の無心をするわけでなし、私を頼みにしているからなんでも話すだけなのだろうと自らを落ち着ける。だからこそ仕事を後回しにしても伊助の愚痴に付き合ったし、少しは気が晴れるかもしれないと外に連れ出すこともしたのだ。

梅雨の晴れ間に伊助を誘って由岐川沿いを散歩していると、川縁で語らっている若い男女がやたらと目に付いた。そういえば、この辺りは近頃逢い引きの名所になっているのだと、編輯者が言っていた。

「若ぇのが多いな。夫婦だろうかねぇ」

伊助は懐手をして、仲睦まじく寄り添う男女をまばゆそうに眺めている。桐子はその傍らで、自分と伊助はここにいる恋人たちとはまるで趣が違う、とひっそり思う。梅のことがあるだけでなく、自分が伊助よりずいぶん年嵩であることも無性に惨めに感じられて、若い恋人が欲しくなった？　と、つい冗談めかして訊いたのだ。

わっちには桐子さんがいるじゃねぇか、とそこまで完璧な答えを求めていたわけではなかった。桐子にしても、別段添い遂げようとまでは考えていないのだった。

「いや」

伊助はかぶりを振る。それから、遠くに目を遣り、なんの躊躇もなく言ったのだ。

「惚れたはれたとか、そういうの、わっちはもういいんだ。もう誰かを好いたりすることはねぇよ。わっちには、梅がいるからね」

いけない、仕事の約束があったんだ、と桐子はとっさに言って踵を返した。伊助は引き留めもせず、「そうかえ、気をつけてな」と、声を放った。着物の裾が乱れるのも構わず、桐子は大股で行く。だったら私はなんだっていうんだ——口中でうめきながら、下駄で強く土を蹴る。あんたにとって私はなんだってんだ。馬鹿みたい、こんなに足蹴にされてもまだ思い切れないなんて。

でたらめに歩いたせいだろう。いつしか、見知らぬ路地に立っていた。慌てて辺りを見回すと、「時追町」と番地の書かれた札が板塀に引っ付いている。馴染みのない町名だった。入り組んだ小径の奥に小さな灯りがともっているのを見付けた途端、桐子の足は吸い寄せられるようにそちらに向いていた。

一軒家の軒先に立つ。表札には「卜」と墨字でしたためられている。

「なんだ、占いか」

つぶやいて、すぐさま背を向けた。が、二、三歩行ったところで足を止め、今一度格子戸に振り向いた。占いには、これまで関心を持ったことすらなかったのだ。だからどうしてこのとき格子戸を開けてしまったのか、桐子自身にもよくわからない。

館の中は静まり返っていた。下駄箱の上に鈴が置いてあり、

〈御用の向きは、鳴らしてください〉

と、脇に張り紙がある。惑いながらも鈴を手に取り、控えめに振ってみる。涼しげな音が立ったが、なんの返事もない。

「やっぱりこんなところ……」

つぶやいて帰ろうとしたところで廊下の暗がりから丸髷の女が現れ、なんの挨拶もなく、「ご指名の八卦見はございますか」と、唐突に問うてきた。

「いえ。あの、初めてで」

しどろもどろに応えると、「本日はどういったご相談でらっしゃいますか？」と、女は身を寄せて声を潜めた。かすかに抹香の匂いが漂ってくる。

恋煩い、とはいい歳をして到底言い出せなかった。とっさに、

「気持ちを知りたい方があるのですが」

曖昧に答えると、案外にも女はそれで合点したらしく、

「では、こちらの廊下の突き当たりのお部屋にお進みください」

そう告げて、右側を手の平で指し示したのだ。不審に思いながらも下駄を脱ぎ、言われるがまま黒光りする廊下を進む。突き当たりにある敷き松葉模様の唐紙の前に立ち、ここでよいかと確かめる目当てで玄関口に振り返ったが、すでに女の姿は影も形もなくなっていた。不安が兆したものの、ここまで来たのだと腹を括り、「失礼いたします」と声を掛けてから桐子は唐紙を引き開けた。

三畳ほどの狭い座敷には、初老の女が座っていた。白髪交じりの髪をきつく束ね、黒の透綾に身を包んでいる。女は汀心と名乗り、「どうぞ、お座りになって」と卓の前の座布団を勧めた。

「それで。今日はどうされましたか？」

腰を落ち着けるなり訊かれ、桐子は口ごもる。伊助との複雑な関係を、どこからどう話せばよかろうとしばし煩悶する。

「あの……うまくいかない相手があって」

どうにかそう切り出した。

「お相手は男の方ですか」

「ええ。そうです」

するとと汀心は桐子を見澄ますように目を見開いた。正確には桐子ではなく、その背後を凝視しているようだった。なにを見ているのだろうと怪しむうちに、

「そうね、この方は今、ご自身が抱えている厄介事で頭が一杯ですね。それであなたのことまで気がいかないようです。彼のお悩みはご兄弟のことね。たぶん……妹さんかしら。ご自身ではどうにもならなくて、八方塞(ふさ)がり。だいぶ疲れ果てているように視(み)えます」

一気に語ったから肌が粟立(あわだ)った。

「お相手の方の抱えている厄介事はこののちも容易に片付きません。お心の内も常に波立っておられます。あなたも彼の悩みに引きずられてお疲れのようね」

「はい」

驚きはいつしかやんで、はじめて理解者に出会えたという喜びが身の内に広がっていった。縮こまっていた心が弛(ゆる)んで、

「あの……ひとつ伺いたいのですが」

思い切って訊くと、なんなりと、というふうに彼女は頷いた。

「彼にとって私はどんな存在なのでしょう。ただの悩みのはけ口ということでしょう

か。話しやすくて、ものわかりがよくて、時に有効な助言も与えてくれる、そんな使い勝手のいい相談相手ということなのでしょうか」

　存在、などと堅苦しい言葉が出たのは、少し前に携わっていた翻訳仕事のせいだろう。汀心は真剣な面持ちで桐子の後ろに目を凝らしていたが、やがて「いいえ」と、はっきり言い切ったのだ。

「お相手は、あなたをとても好いておられますよ。女性として好いておられます。頼れて、甘えられて、心を開くことができる。今の彼にとって、あなた以上に自分を見せられる相手はいません。それで心の内を遠慮なくお話しになっているだけで、相談相手としてあなたを捉えているということはありません。彼は弱い人。ひとりでこの困難を乗り越える力はありません。ですから、あなたは彼を支えてあげることが肝要です」

「支える……」

「ええ。彼のすべてを包み込むようなお付き合いをされるのが一番よろしいようですよ」

　鑑定は十分ほどで済んでしまった。占い代はかかった時間で決めるらしく、帰りしな、玄関口で丸髷の女に示された額はわずかなものだった。しかも館を出るときには、ここに来る前の憂鬱が嘘のように消えて、身体が軽くなっていたのだ。

女性として好いておられます、と汀心の告げたひと言を、桐子は帰り道、幾度も反芻した。家に辿り着いてから、なんの根拠もない占いではないか、と乾いた笑いが浮かんできたが、汀心の見立てを疑う気にはならなかった。

——伊助は私を想っている、だからなにも怖いことはない。

気持ちが落ち着いたせいだろう、以来伊助から梅の話を聞くこともさして苦にならなくなった。それどころか、梅を引き取る手立てを一緒に考え、私にできることがあればなんでも言って、と歩み寄る余裕まで出たのである。

梅雨があけて間もないその日、桐子の家にやって来た伊助は言って、座敷にへたり込んだ。

「梅が、いたよ」

「とうとう見付けたんだ」

目星を付けた見世に登楼り、運良く梅と会えたのだという。梅はひどく動転した様子だったが、すぐに「兄やん」とすがりついてきた。

「あいつはちっとも変わってなかった。別れたときと一緒で、なんにも変わってなかったよ」

苦界に身を沈めても、という言葉を飲み込んだのか、伊助は苦しそうに喉仏を上下させた。

「楼主に話をしたんだ。梅を返してくれと言ったんだよ。だが駄目だった。とりつく島がなかった」

身請けのお金がだいぶ高いの？　と伊助の傍らに座して桐子が訊くと、彼は畳を睨んだまま首を横に振った。

「金をいくら積んでも変わらねぇようだ。手放す気がないんだよ。大事な売れっ妓だって」

身体を打ち付けるようにして寝転ぶと、それからは桐子がどんな慰めを口にしても、なにかやりようはないか考えてみようと促しても、伊助は黙したきりだった。それでも励まし続ける桐子に、

「桐子さんにはさ、こういう気持ちがわかんねんだよ」

と、彼は言い放ったのだ。

「自分の命に替えても守りたい者が、桐子さんにはないだろう。独りで生きてるんだもの。だからわっちの気持ちはわかりようがねぇんだ」

桐子の本能が、彼の言葉を解しようとするのを拒んでいた。彼女はただ、伊助のつむじを眺めている。前後にふたつの渦が巻いていることを初めて見付けたが、だからといってなんの感慨も湧かなかった。

「ごめん。今日は帰るよ」

伊助が言って、身を起こす。重い足取りで三和土に降りて、「そいじゃ」と手を上げたところで、桐子は言ってしまったのだ。もうここには来ないで、と。

三

それでも伊助は訪ねてくるだろう、と桐子はどこかで高を括っていた。あれほど私を頼みにしていた男だもの、急に縁を切れるはずもない、と。が、この日を境に伊助はぱったり顔を見せなくなった。五日が過ぎても、十日が経っても音沙汰がない。桐子は不安でたまらず、七月半ばの夕刻、彼の長屋を訪ねたのだ。さほど待たずに道具箱を担いだ伊助が現れたが、彼は門口に佇む桐子をひと目見るなり、慳貪に眉をひそめた。この間はごめんなさい、と頭を下げた桐子と目も合わさず、

「もういいよ。来ないでって言ったのは、そっちだろ」

伊助はそれだけ言って、玄関戸をぴしゃりと閉ざしてしまった。なんて身勝手な男だろう、少しも話を聞かないなんて。自分はこっちの都合などお構いなしに訪ねてきては、さんざん悩みを垂れ流してきたというのに。血が逆巻いたが、それも長くは続かなかった。布団に潜る頃には、ちゃんと食事はしているのだろうか、竈が壊れているから煮炊き（にた）もままならないんじゃないか、誰にも悩みを打ち明けられずに苦しんでいるんじゃあないか、と伊助を案じる気持ちが黒雲のように湧いてくるのだ。

――私は、ひどいことをしてしまった。

桐子の中には自責の念だけが残った。寝ても覚めても重苦しい。仕事も手につかない。

すっかり行き詰まって、気付けば再び時追町に向かっていた。路地奥に灯（とも）った明かり目指して足を速め、敷居をまたぐや玄関で鈴を鳴らす。と、以前と同様丸髷の女が現れて、希望の八卦見を訊いてきたから即座に汀心の名を出すと、今回は奥の座敷ではなく玄関脇の大部屋に通された。中には四人の女が顔をうつむけて座っている。

「汀心はただいま鑑定中ですので、こちらでお待ちいただけますか？」

女にそう囁（ささや）かれて、

「あの、みなさん、汀心さんをお待ちでらっしゃるんですか」

と、桐子は声を落として訊いた。女は静かにかぶりを振る。

「この館には部屋が八つありまして、交代で八卦見が控えております。占術もそれぞれ違いまして、お客様のお悩みにあった方にお入りいただいております。ここでお待ちの方もみなさん、異なる八卦見にお入りになられます」

漠とした答えを残して女が部屋を出て行ってしまってから、他にどんな八卦見が控えているのだろうと、興味が芽吹いた。順番待ちの女たちに尋ねたかったが、みな頑なに閉ざしていて、話しかけられる雰囲気にはない。そのうちに、ひとり、またひとりと呼ばれて退室し、代わりに新たな客が通されるといった案配で、桐子もただ押し黙って、そこにいるよりなかったのだ。

小一時間ほど待たされた。呼ばれて汀心の部屋に入る。開口一番「先日はありがとうございました」と礼を述べたのだが、汀心は桐子を覚えておらぬ様子で、「今日はどうなさいました」と淡々と決まり文句を唱えたのだった。桐子は伊助と別れてしまった経緯を語り、彼が今、どういった心持ちでいるか知りたいのだと、直截に問うた。汀心がまた、なにかを見澄ますように桐子の背後に目を凝らす。伊助はけっして心変わりしていない。少しばかり臍を曲げているだけだ。もう少しすればきっと、腹立ちも収まる。そう返事がくると、桐子は固く信じている。

「これは、うーん、界層がずれてしまってますね」

しかし汀心は表情を険しくして、不吉なひと言を桐子に投げたのだ。

「この方、もう、あなたのほうは向いていません。なにか、彼の抱えている問題……そちらにだけ気持ちが行ってしまっています」

地獄に蹴落とされたような心地であった。到底認められることではない。

「でも先だっては、彼は私を好いている、とおっしゃったんですよ」

詰め寄ったが、汀心はそのことを覚えていないのか、首を横に振るのである。

「そのときは、そうだったのでしょう。けれど今は、お心変わりをされてしまいました。この方の心は今、憂鬱の水でいっぱいです。あなたのことを思い出す余裕もなくなっているようです」

「……そんな、いい加減な」

非難にも揺らがず汀心は続ける。

「人の心は常に変わっていきます。それは条理であって、ずっと同じところで止まっている方はどこにもおられない、ということです」

そんな月並みな正論を聞きたくて、八卦見に相談しているわけではなかった。

「だったら、私はどうすればいいんです。どうすれば元に戻るんですか。その方法を教えてください」

つい喧嘩腰になった。あくまで他人事だという汀心の涼しい顔が癇に障ったのだ。

「今は、なにをしても虚しい結果しか得られないでしょう。お相手の心が動く気配は視えません。会えるようになるとしても、相応に時が要るでしょう」

口の中に溜まった唾を飲み下す。

「……それは、どのくらいです？　どのくらいかかりますか？」

「そうですね、少なく見積もって半年。長ければ一年はかかるかもしれません」

この日桐子は、汀心の部屋に二時間近くもいる羽目になった。伊助の心は自分にあり、さほど時もかからずによりが戻る――そんな見立てを引き出すために角度を変えて問い続けずにはいられなかったのだ。が、汀心の答えは一貫して希望とはかけ離れたものだった。お客様のご希望に添える鑑定でなくとも、私は視えたものをお伝えするよりありませんから、と終いに言い切られて、桐子の傷はかえって深くなった。

帰りしな、玄関口で告げられた占い代は、先だってとは比べものにならないほど高額だった。占いなんぞという得体の知れないものに、コツコツ仕事をして懸命に蓄えてきた金を使ってしまった、と桐子は蒼くなる。その上、それだけの代金を払っても、望みの答えを得られなかったのだ。不合理に打ちのめされた。一方で、このまま終わらせることはできない――そんな意地が頭をもたげ、翌日早々、桐子はまたぞろ時追町へ出向いたのである。

「汀心さんとは別の占いの方を」

敷居をまたぐなり丸髷の女に告げた。無駄遣いを重ねることになる、と内心では危ぶんでいたが、

「お相手のお気持ちでしたら、天馬という占い師もよろしいですよ」

と、女に勧められると、鑑定を受けずに帰ることはできなかった。

指示された松葉模様の襖を開ける。卓の向こうに、娘らしさの残る女が座していた。こんなに若くてまともに占えるのだろうか、と不安を覚えたが、蓋を開ければ相談事への理解も早く、欧州のものだという占い札を切る手際もいい。その上、天馬は、

「この方のお心はちゃんとお客様にありますよ」

卓上いっぱいに並べた札を見詰めて、桐子がもっとも欲していた言葉をすらりと口にしたのだ。

「あなたから突然拒まれてだいぶ気落ちしていますが、けっして深刻なご様子ではありません。すでに寂しさを感じてらっしゃいますから、しばらくしたら彼から歩み寄

ってくるでしょう」

「しばらく、というとどのくらいでしょう？」

前のめりに桐子が訊くと、天馬は再び札を切り、

「そうですね。十日ほどのちには元の通りになります。ご心配なさらずともよろしいですよ」

と、自信に満ちた笑みを見せたのである。総身の力が抜けた。汀心は見誤ったのだ。天馬の言うことこそが確かなのだ。その晩は久方ぶりに深い眠りに落ちた。が、翌朝起きると、

——少し話がうま過ぎないだろうか。

と、新たな疑心が芽を出していた。状況を冷静に鑑(かんが)みれば、伊助を訪ねた折の頑なな拒みようからして、たった十日で態度が氷解するとは信じがたかった。

——単に客を慰めるために、天馬はお為(ため)ごかしを吐いたのじゃないか。

一旦(いったん)そんな考えが浮かぶと、それこそが確からしく思われた。そうして桐子は再び、時追町に駆け込むことになる。「無駄遣い」という意識の歯止めは、いつしか取り払われてしまった。そうして、三日にあげず館の敷居をまたぎ、異なる八卦見に次々と同じ相談をぶつけるという突拍子もない行いに及んだのだった。

「彼は心の弱い人。些細なことでいつまでも思い悩みます。しかも、嫌な出来事を繰り返し思い返す癖があるのです。彼と一緒にいても、あなたの行く先は暗いですよ。このままだと振り回されてしまうだけです」

と、忠告する八卦見があった。

「あなたへの気持ちは恋情というより同志に対するものに近いですね。彼の抱える厄介事を相談できる心強い相方といったところ。ですが、この方は頑固で人の意見を受け入れません。あなたに意見を請いながら、それに従うことはないようです」

「彼の悩みに対して、あなたはただ聞くだけ、という姿勢を通してください。異論があっても口にしてはいけません。気位が高い方ですから、常に彼を立てるよう気をつけてください」

「この人は、とても身勝手。気持ちに常に波がある。根気強く物事に取り組むこともできません」

伊助との仲を修復できるかどうかを占っているはずが、八卦見たちは一様に彼の人格を読み解いていく。戻れる時期も、桐子がとるべき態度も、見立てはまちまちであるのに、伊助の人となりについては至極似通った像が結ばれていることが桐子には気に掛かった。

時追町から家に戻ると、忘れないうちに八卦見から言われたことを帳面に書き付けるのが習いとなった。夜深にそれを読み返し、彼らの発言で重なる部分に赤いペンで印をつけていく。日頃翻訳という、調べて比較して試して、もっとも原文にふさわしい表現を見付ける作業に勤しんでいる桐子にとって、こうした検証はお手のものであった。半月も通い詰めると、伊助という人物が鮮明にあぶり出されてくる。

心が弱い、悲観主義、悩みを口にはするが人の意見は容れない、頑固、移り気、身勝手、根気がない、思い通りにいかないと苛立つ、感情の起伏が激しい――。

帳面を睨んでいると、自分はなぜ伊助なんぞに執着しているのだろう、と首を傾げずにはいられなくなった。

「あなた方おふたりは深いご縁があります。だからいずれ戻りますよ」

これも、ほとんどの八卦見たちに通じた見立てである。修復の手立てについては、「会いに行って直接許しを請うたほうがいい」「顔を合わせると揉めるから、手紙で謝罪するほうがいい」「今は静観して、ひと月ほど時期を置いて謝りに行くべき」「そっとしておけば、彼から歩み寄ってくる」と、枝分かれしたが、桐子の内では、向こうから歩み寄ってくれれば楽なのに、という横着な気持ちばかりが膨らんでいくのである。そうなると今度は、「彼のほうから歩み寄ってくる」との鑑定を少しでも多く引き出すために、足繁（あししげ）く時追町に向かう羽目になる。

奇妙なのは、これほど通い詰めているのに、新たな八卦見が次から次へと現れて、いっこう途切れないことだった。ぜんたい何人抱えているのだろうと不審に思い、一度丸髷の女に訊いたのだが、

「どうですか。私も存じません。その日にお出になる八卦見を私は知らされるだけですので」

と、不得要領（ふとくようりょう）な答えしか返ってこなかった。

「たくさんおられるのは結構なのですが」

桐子は、胸に抱える不可解を思い切って口にした。

「同じことを視ていただいているのに、それぞれにお答えが違うところもあって。どれが本当なのか、なにを信じればいいのかわからないんです」

「占い師はそれぞれに視方が違います。私ども日頃、同じものを見ていても、他人とは印象や感じ方が異なることがございますでしょう。それと一緒です」

女は一切表情を変えず、恬淡（てんたん）と返した。

「……」

「でも、時期やとるべき行いなどの結果が違うとなると、私も動きようがなくて

「ですから」

と、女は不意に顔を上げ、その目をひたと桐子の眉間に据えた。

「どの鑑定を信ずるか、それはあなたのお心次第になる、ということです」

高飛車な物言いに、桐子は少しく憮然となる。

「私の心次第というなら、占いをする意味がございませんでしょう。お言葉ですけれど、真実はひとつのはずです。辿り着く未来は、一通りのはずなんです。その真実を見極められなければ、占いとはいえないと思うのですが」

「もちろん、どのお悩みも辿り着く結末はひとつに違いありません」

即座に女は返した。

「けれどそれが唯一の真実か、というと必ずしもそうともいえないのです」

女の言う意味が酌めず、桐子は口ごもる。

「真実というのは本来、ひとりの人に対して、幾通りも用意されているはずなのです。例えば男女が添い遂げるのも、また、別れてそれぞれの道を進むのも、どちらもその方にあらかじめ用意されている真実です。八卦見は、あまたある真実の尾っぽを捕まえることを役目としております」

「尾っぽ？」

「ええ。可能性を見出して、お伝えするということです。そこでなにをどう信じるか、どういう手立てをとるかは、お客様次第ということになります。そうして選んだ行いの先に、ただひとつの真実が待っているということです」

それじゃあやはり、占いなんぞに頼らずにその都度自分で道を選ぶのと変わらないじゃあないか、と桐子は思い、その通りに反駁しようとした。が、先に女が言い放ったのだ。

「占いは助言に過ぎません。結局あなたの歩む道は、あなたが選ぶよりないのです」

言い負かされた形で、桐子はしおしおと館を出た。腹立たしさも手伝って、家に戻ると勢い算盤を取り出した。時追町でいくら使ったのか、ずっと気に掛けながらも怖くて目を逸らしてきたことを、確かめる気になったのである。

占いの都度帳面に記してきた御代を足していく。だいたい日に一、二時間相談して二十日近く……珠を弾く指先が冷たくなっていった。いつの間にか、ふた月はゆうに暮らせるだけの額をつぎ込んでいたのである。

「もう、よそう。こんなこと、やめないといけない」

算盤を振り、声に出して言う。そういえば、仕事もすっかり滞っている。乱暴にかぶりを振って、書斎に駆け込んだ。急ぎ、翻訳途中の書物を開く。ところが気付けば、占い帳を取り出して眺め、ペンの尻を噛んで方策を練っているのだ。時追町通いをやめるには、一刻も早く伊助の件に片を付けるよりない。といって、焦って出方を誤れば、これまでの鑑定がすべて無に帰してしまう。使った金も死に金になる。天馬とかいう占い師が「よりが戻る」と告げた十日はとうに過ぎた。次は、「ひと月後」が四人、「ふた月後」が二人、「三月後」が六人、「半年かかる」が七人。つまり、もっとも有力なのが「半年」であって、とてもじゃないが根気も資金もそこまで持たない。

——どの道を選んだらいいんだろう。

自分の前に延びているいくつもの道筋を、改めて帳面に書き出して目を凝らす。これまで流れに任せて自然に生きてきた桐子にとって、ひとつの道を選び取ることは苦行に他ならなかった。しかも、けっして失敗のできない選択なのだ。

——どの道が一番有効か、明日時追町に行って訊かなければ。

思ってしまってから、途方もない矛盾に気付いて、桐子はうずくまるようにして頭を抱えた。

叔母が訪ねてきたのは、この翌日の昼下がりだった。時追町に出掛けようとしたまさにそのときだったから桐子は困じたが、姉さんにお供物を買ってきたんだ、という叔母を無下にもできなかった。そういえば、父が亡くなってからも欠かさず続けてきた盆の支度に、今年は手を付けていない。

桐子の母が亡くなったとき、人目も憚らずに泣いたのがこの叔母だった。当時七つだった桐子が泣くことを忘れてしまうほど、その嗚咽は凄まじかった。以来叔母はなにくれとなく桐子を気に掛け、折々に母代わりとなって世話を焼いてくれた。自分の三人の子供たちが巣立った今では、夫とふたりでいるのも気詰まりだから、とひと頃より繁く顔を出す。

「あんた、少し痩せたんじゃないかい？」

風呂敷包みを解いて、瓜だの桃だのを取り出しながら、叔母がこちらを覗き込んだ。

「そんなことないと思うけど……。このところ、仕事が忙しかったからかもしれない」

とっさにごまかした。伊助という存在についても、それがもとでトい家に通い詰めていることも、叔母に打ち明けられることではなかった。幼い頃から愛おしんでくれた彼女を悲しませるに決まっているからだ。

「忙しいのはいいことだけどね、身体を壊しちゃあ元も子もないよ。特にこう暑くちゃ、ジッとしてたって疲れるんだから。精の付くものでも食べないと」

造作もなく桐子の言葉を信じて、叔母は台所に立った。手には桃をふたつ持っている。慣れた手つきで引き出しから包丁をとり、素早く皮を剝いていく。

「お供えにするんじゃあないの？」

桐子が笑うと、

「生きてる者のほうが大事だもの」

と、背を向けたまま叔母は返した。

艶やかな白い実を皿に載せてちゃぶ台の前に座るや、手摑みでひとつを桐子に渡し、自らもひとつとって豪快にかぶりついた。窓から射し込む陽が、したたる果汁を黄金に染めている。桐子も倣って、一口含んだ。甘みより酸味が強い。時季が早いのか。それとも桐子の胸に巣くった憂鬱がそうさせるのか。ひっそりうなだれたとき、朗らかな叔母の声が降ってきた。

「しかし、あんたはいいねぇ。いい人生だよ」

驚いて顔を上げる。叔母は、開け放たれた襖奥の書斎を眺めている。

「忙しくて大変だろうけどさ、ちゃーんと自分の仕事があるだろう。あんたにしかできない仕事が。しかもそれが好きなことでさ、しっかり稼ぎもあって、誰にも頼らずに生きていけるんだもの」

そんなふうに思ったことなぞなかったから、「よかぁないわ。別段、私でなくたってできる仕事だし。嫌な仕事相手だって、結構あるのよ」と返したのだが、叔母は桃を齧(かじ)りながらかぶりを振るのだ。

「大変なのはみな同じだよ。だけどあんたは、その『大変』の質がいいはずだ。なにしろ、自分の選んだ道なんだから」

「私が……選んだ道なのかしら」

ぼんやりつぶやくと、叔母は弾かれたように笑った。

「なに寝ぼけたこと言ってるんだよ。天然自然に翻訳なんて仕事に就けるはずないじゃあないの。英語ができるってだけで珍しいんだよ。異人さんの本を読めるまで極めたってのも大変なことだし、仕事だってぼーっとしてて舞い込むわけじゃないだろう？　あんたが相応に努めてきたから、今があるんじゃないか」

そう言われたところで、実感は薄かった。確かに夢中になって英語を習得したし、仕事を得るために教師に紹介を請うたこともある。自ら行動を起こしたから、今の立場があるのは事実かもしれない。ただ桐子にとって、それらの行いはやはり自然のなりゆきで、悩んで吟味して選んだものではないのだった。

「それに比べると、あたしはなにも選んでこなかった気がするねぇ。親が決めた相手と一緒になって、子を育てて——それが当たり前だと思ってたから、そうしてきたけど」

叔母は肩をすくめた。ただ桐子からすれば、伴侶を得て子をなして育て上げた叔母のほうが、遥かに真っ当で優れた人生に思えるのだ。自分の家庭を持つこと。誰かが家で待っていてくれること。それはどれほど頼もしく、温かな心持ちになることだろう。もちろん家を切り盛りする苦労はあろうが、少なくとも隣近所から怪訝な目を向けられることはなかろうし、女としてもっとも自然で幸せな生き方であるのは間違いないのだ。

「私からしたら叔母さんのほうが羨ましいけど」

ぽそりと返すと、叔母は目をしばたたかせた。そうしてから、くつろいだ笑みを浮かべた。

「結局、無い物ねだりだね。お互いに」

勢いよく白桃を口に含んで、したたる汁を手の甲で拭いつつ叔母は続ける。

「だからってあたしは少しも後悔してないよ。旦那や子供らを大事に思ってるし、あたしに見合った人生だと思うもの。あんたもあんたに似合った人生をちゃんと歩んでる。だから叔母さん、あんたを誇らしく思ってる」

種だけになった桃をしゃぶって、叔母はなぜだか得意げな顔をした。桐子は、食べかけの桃に目を移す。誇り、というひと言が、深く重く響いていた。

夫の愚痴やら子どもたちの近況をひとしきりしゃべって叔母が帰ってしまってから、桐子は仕事机に向かった。すっかり溜まってしまった仕事を検め、〆切の近いものから選んで早速作業にかかる。英文を追い、字引を引き、ひと文字ひと文字記していく。忘れていた感覚が、指先に戻ってくる。仕事に没頭するうち、長らく彼女を覆っていた黒雲が、静かに払われていくのを心のどこかで感じとっていた。

*

あれきり、時追町には行っていない。そうして桐子は、伊助について、「選ぶ」ということを諦めてしまった。八卦見から勧められた行いをなにひとつ起こさないことにしたのだ。ということは、「そっとしておく」を選んだことになるかもしれないが、もはや、その選択について思い巡らすこともなくなっていた。

夏の終わる頃には、自分が占いによってなにを得たかったのか、思い出すことも難しくなっていた。あそこに通い詰めていた頃の自分は、本当に自分なのだろうか、と怪しむ。

伊助のことは今も折々に想う。ことに、惚れ惚れするようなその笑顔を。今頃、妹を取り戻して一緒に暮らしているかもしれないと想像することもあったが、以前のように桐子の胸がざわめくことはなくなった。食欲も戻り、仕事も順調に進みはじめた。打ち合わせで会う編輯者たちに、「このところとみに元気そうですね。夏ばて知らずで羨ましいな」と、からかわれるまでになって、桐子は安堵の息をついた。

自分の道に、戻ったのだ、と。


それは九月半ばの日暮れ時だった。夕飯の支度のために台所に立ったとき、玄関戸が控えめに開く音が聞こえた。仕事の来客はないはずだけれど、と訝りながら玄関口に出て、桐子は息を止めた。

「今、仕事が終わったんで」

ひどく小さな声だった。

伊助はうつむいて、三和土の石を見詰めている。桐子もまた、言うべき言葉が見つからず、うつむいた。あれからどうしていたのか、どうして急にここへ来る気になったのか、問うべきことは無数にあったが、その答えを本当に知りたいのか、桐子自身もよくわからなかった。だいぶ経ってから、こんばんは、とひっそり返す。なんの抑揚もない声になった。伊助が上目遣いにこちらを見た。

「いけねぇと思ったんだが、来ちまった。すまねぇ」

ううん、いいのよ、と応えながら、桐子は占いの結果を書き込んだ帳面を久方ぶりに開きたいという衝動に駆られている。

戻る時期……ふた月。こちらの出方……そっとしておけば、彼から歩み寄ってくる。

真実を導き出したのは、どの占い師だったろう――。

「あがっていいかな。桐子さんの好きなわらび餅、買ってきたんだ」

伊助の言葉に頷きながら、桐子はこっそり溜息をつく。

――また、悩んで選ばなければならない日がはじまるんだろうか。

自然に、心のままに、自分でも気付かないうちに選び取っている、そういう進み方ができないことの、煩わしさに捉われる。そこで抱える懊悩に、どんな意味があるのだろうと思えば、余計に身体が重くなった。

ありがとう、とわらび餅を受け取って、桐子は笑みを返す。精一杯の作り笑いであったのに、伊助はすべてを許され、受け入れられたと信じたふうに頬を弛めた。そうして、慣れた仕草で座敷にあがると、「この家はいつ来ても居心地がいいな」と言って、大きく伸びをした。

山伏村の千里眼

一

例えば、あのご婦人。そう、ちょうど中央の丸テーブルに座って紅茶を飲んでいる三人さんの、大島紬を召したあのご婦人。年の頃は、三十手前だろうか。最前から、向かいに座った群青色のワンピースを着た女人に、再三こんな台詞を浴びせている。

「あなた、結婚はいいわよ。夫がいる暮らしというのは、心強いものよ。あなたも早くお嫁にいきなさいな。いつまでもお独りじゃあ詮無いわよ」

ワンピースの顔はここからでは見えないが、「そおねぇ。考えとくわ」と、おざなりに返すばかりだ。もう一方、銘仙のご婦人が幾度も、

「そうかしら。亭主がいたらいたで大変よ。うちなんて、なにからなにまで私任せなのよ。独り身の頃が懐かしいわ」

と、これはワンピースをさりげなくかばっているのに、大島紬がしつこく、

「いいえ。家庭を持って女は初めて一人前なのよ。私たち女学校の同窓でご結婚されてないのは、あなただけじゃないの」

と、しつこく言い募り、おまけに銘仙に向かっても、

「あなたのお宅は、まだお子さんがいらっしゃらないでしょう。だからご主人も家長としてのご自覚がないのよ。うちは子供が二人もあるでしょう。おかげで主人は父親としても頑張ってくれて、いっそう頼れるようになったわ。夫婦仲も前より良くなったくらいよ」

鼻を高くして言うのだから、たまったものじゃあないだろう。つい同情したところで内耳の奥に声が聞こえた。

〈ワンピースのお方、気になさることはない。大島紬は自分の家庭がうまくいっていないのだ。つまり、いい結婚でもなければ、幸せでもない。あなたに「結婚なさい」と唱えることで、彼女は、私は幸せ、結婚は間違ってない、と必死に自分に言い聞かせているだけなのだから〉

「……さん。岩下さん」

岩下杣子は耳元で名を囁かれて、ハッと我に返った。振り向くと女給のひとりが腕組みをして立っている。

「何度呼んでも知らん顔ね。目を開けたまま居眠りしてるのかと思ったわ」

嫌みを放ってから、

「お昼の時間ですって。私が代わるわ。ただし三十分きりよ」

慳貪に言って、調理場のほうを顎でしゃくった。杣子はおずおずと立ち上がり、背をこごめて会計場を女給に譲る。杣子が手作りした刺繍入り座布団の置かれた椅子に彼女が乱暴に座るや、伝票を持ったお客がやって来た。

「おや。これは虹子ちゃん。今日は会計さんかい」

パナマ帽をかぶった紳士の女給をからかう声が、背後に聞こえる。

「いつも、ここの当番をしてる娘が休憩なんですの。私はその代わり」

最前とはまるきり異なる高い声で、女給が応えている。

「ここの当番の娘……。はて、どんな娘だったかな」

「あらやだ、高山さん。毎日のようにお越しくださるのに、覚えてらっしゃらないの？」

紳士は困じたふうにうなったあと、

「それにしても虹子ちゃんがこうして座っていると、会計場も華やぐね」

と、高笑いをした。

柚子は調理場の戸を開ける。忙しかった昼時を過ぎ、料理人たちは椅子に座ってくつろいだり、調理台に突っ伏して仮眠をとったりしている。柚子はそっと瓦斯台の前に立ち、白飯にカレーの残りをかけた皿を手に、裏口から出た。料理人たちは誰ひとりとして、柚子を気にするふうもない。

カフェーの裏には、小路に沿って建つ小屋がある。もとは物置として使っていたようだが今はがらんどうで、ここに籠って賄いを食すのが柚子の常となっている。小屋には小さな窓があり、小路を行き交う人々の様子が覗き見られた。窓辺の机に皿を置き、「いただきます」と唱えてから、もそもそと食す。時折目を上げて、表を眺める。春の日差しが、額に暖かい。

柚子が吉城町にあるこのカフェーで働きはじめて、そろそろ一年が経つ。店の外に求人の貼り紙があるのを見付けて、思い切って訪ねたのが最初だった。

山伏村という、ここから十里も隔たった山奥に育った柚子は、都会に出ることがあったら華やかな場所に身を置くのだ、と長らく夢見ていたのである。

大叔母さんがあの歳でひとり住まいじゃあ不憫だから、あんた、お世話しがてら一緒に住んじゃあどうかね――。母親に言われたのは柚子が十六になった正月で、おおかた口減らしのためだろうと察しはしたが二つ返事で承知した。一日中妹や弟たちの面倒を見、農作業に忙しい両親の代わりに家事一切を引き受ける暮らしにもうんざりしていたし、生まれ育った山伏村の代わり映えしない風景にもすっかり飽いていた頃で、もっけの幸いと未練ひとつ残さず、大叔母の家の住所が書かれた紙とわずかな金だけ持って山を下りたのだ。が、麓まで辿り着いたところで、ふと不安が頭をもたげた。

――大叔母さんは私を受け入れることを承知しているのだろうか。

といって、来た道をとって返して確かめるのも億劫だったし、まぁともかく行けば、なるようになるだろうと汽車に飛び乗ったのだ。

吉城町の停車場で降り、洪水のような人混みにきりきり舞いをし、行き合う人々に片っ端から道を聞いて、這々の体で辿り着いた大叔母の家で、案の定彼女は杣子の来ることを知らされていなかった。それどころか、杣子の存在自体を知らなかった。

「山伏村の？　……ああ、そんな親戚がいたかもしれないねぇ」

おおかたやせ細った弱々しい老女が出てくるのだろうと決めつけていたが、上がり框に仁王立ちした大叔母は七十を過ぎているとは思えぬピンと張った桃色の肌をして、鏡餅を思わせる肥り肉の体軀を揺らしていた。髪は白髪というより光の加減か銀髪に見え、そのせいか、ある種の神々しさまで漂っている。

とはいえ、実際には神仏ではないのだ。名も知らぬ娘を預かるはずもなかろうと杣子は覚悟したのだが、なぜか大叔母はまるで頓着せず、

「よくわからないが、まぁせっかく来たんだ、ここに住んだらいい。ただしあたしは、部屋を貸すだけだ。自分の食い扶持は自分で稼ぐんだよ」

と、鷹揚に言って、玄関脇の四畳半を杣子に与えたのだった。

あまりにあっさり受け入れられたことに杣子はかえって戸惑うも、ここに暮らしはじめてその理由に合点がいった。大叔母の家は隣近所に住む女たちの溜まり場と化しているらしく、四六時中人の出入りがあるのだ。中には話し疲れて泊まっていく者や、朝からやって来て夜半まで居続ける者もあって、なるほどこれなら人ひとり住み着いたところで、さしたる変化もなかろうと得心したのだった。

食事も基本、銘々で作る。来客からの差し入れがあったりご飯を多めに炊いたりしたときなどは、相伴に与ることもある。家賃はいらない、代わりに家の掃除はしておくれ、というのが大叔母からの唯一の注文で、だから杣子はほとんど下宿人同然の気易さで過ごすことが叶ったのである。

カフェーにすんなり雇われたことは、杣子にとって案外だった。華やかな別嬪さん

が働く場との知識はあって、「都会に来たからには覗いてみたい」と興味本位で求人に応募しただけだったからだ。

「あんたは、なにひとつ特徴がないな」

店長の久慈川は、杣子の上から下まで目を這わせて言った。

「顔立ちも地味だが、なんというか、ここにいるのにどこにもいないような風情だ」

確かに杣子の容貌は美しいとは言い難い。といって、極端な醜女でもない。薄墨の一筆書きで描いたような地味な顔立ちの上、中肉中背、色白でも色黒でもなく、声は発するや空気に溶けて響かない。それでも、「ここにいるのにどこにもいないような風情」と評されて、杣子は不服だった。

「レジスターの係に女給で雇っているような別嬪を置くと、お客が支払いもせずに長話をしちまって厄介なんだ。用が済んだらサッとお帰りいただきたいからね。回転率が、カフェーは命なんだよ。といって醜女を置けば、店の印象が悪くなる。いずれにせよ、会計時の記憶を客に植え付けたくないんだ。うちは他より割高だし、金を出した印象が強いと通うのをためらうお客も出るだろう。だから、空気みたいに存在の薄い女がいないだろうかと、ずっと探していたんだよ。あんたなら、願ったり叶ったりだ」

実際、お客は会計の段、連れと談笑しつつ財布を取り出すことが多い。ご婦人同士は割り勘の計算に忙しく、男女であれば男性が支払いを済ます間、連れの女性と熱心に語らっていることがほとんどだ。そのせいか、客は誰ひとりとして柚子を見ていない。単身店に来るお客もあるが、彼らにしても会計の折、柚子に注意を払う素振りは見えず、久慈川の読みは至って的を射ていたのだと、働きはじめて柚子は感心したのだった。

ライスカレーを食べ終わり、小屋の窓から外を見ると、ちょうど最前のご婦人方が前の小路に出てきたところだった。

「それじゃあここで。私はこっちなの。晩のお買い物をしていかないと」

と、手を振りながら大通りのほうへと遠ざかっていく。あとに残されたふたりのうち銘仙が、

「ごめんなさいね。変な話になってしまったわね」

と、ワンピースに気遣いを見せた。ワンピースは立ち姿も、他のふたりとは比べものにならないほど洗練されて若々しく、同じ女学校に通った同い年でもこれほどまでに差が出るのか、と柚子は小首を傾げる。

「恵子さんのせいじゃあないわ。気になさらないで。この歳まで独り身でいると、物

珍しいんでしょう、みんないろいろ言うのよ」

ワンピースは笑みを浮かべて、穏やかに返した。

杣子はその端整な横顔を見ながら、胸の内でつぶやく。

——大島紬がどれほど自分の家庭に絶望しているか、教えてやりたいものだけれど。

なぜそれを杣子が知っているかと言えば、大叔母の家で大島紬を幾度か見かけたことがあるからだ。「夫が、もう二年もまともに口を利（き）いてくれない」と、彼女は泣きながら訴えていたのである。

大叔母の家に人が集まる理由のひとつに、彼女が愚痴聞き屋のような役割をしていることもあるらしい。大叔母はそのでっぷりとした体を床柱に預けて、「ふんふん、それは大変だね」と適当に相槌（あいづち）を打つだけなのだが、特有の神々しさのおかげか、話を聞いてもらうだけでも相談者はずいぶんと救われた心地になるらしかった。

「よかった。綾子（あやこ）さんがさっぱりした方で。君恵（きみえ）さんも悪気はないのよ」

「ええ。わかっているわ。恵子さん、気にしてくださってありがとう」

ワンピースは、からりと笑んだ。

「それじゃ、また近いうちに、お目にかかりましょう」

「ええ。近いうちに」

すこぶる快活に応えてからワンピースは、不意に表情を引き締めて付け足したのだ。

「でも、君恵さんがいらっしゃるなら、私はご遠慮するわね」

ばっさり斬り捨てると、「ごきげんよう」と、たおやかに微笑んで、踵を返した。

あとに残された銘仙が呆然とその後ろ姿を見送っている。

柾子は口の端で笑ってから、食器を手にして立ち上がった。ワンピースの判断は賢明だ。大島紬はただ、「私よりあなたのほうが不幸だ」と、誰彼構わず言いたいだけなのだ。家族持ちで苦労している自分とは違い、独り身で悠々自適に生きているワンピースが目障りなだけなのだ。この攻撃に、有意義なものはひとつとして存在しない。稚拙な嫉妬があるだけだ。そんなものを間違っても受け取ってはいけない。するりとかわして、ドブに流してしまえばいいのだ。

——それにしても、どうして女というのは、自分と異なる境遇にある者を責め立てるのだろう。

山にいた時分、柾子の頭の中を巡っていたのは、手で摑めそうに近く見える月なのにどうして行くことが叶わないのだろう、という不思議や、天候の急変を事前に摑む手立てはなかろうか、という思案であって、街に住む女たちが囚われているような些細な身の丈比べに思い煩うことなどなかったのだ。

街のほうが山よりたくさんのものがあるのに、人々がこぢんまりとまとまって、小さなことばかり気にする理由が、未だ杣子にはよくわからない。

二

夜八時までの勤めを終えて家に帰ると、大叔母には来客があって、手巾で目の縁を押さえるその女の話を「ふんふん。そうかい」と聞いてやっていた。杣子は邪魔をせぬよう台所に入り、手と顔を洗ってから、お櫃に残っている冷や飯にお茶をかけて、その場ですするとすすった。

女はどうやら、夫に浮気をされているらしかった。「私の悪口を言って、相手の女をくどいたようで……。悔しくて悔しくて」と、すすり泣きに混じって聞こえてくる。杣子はつと目を上げ、障子の隙間から女の様子を窺う。

〈悩むようなことでもないのに〉

内耳に声を聞いて肩をすくめたところで、不意に大叔母がこちらに向いて手招きしたのだ。話の途中なのにいいのだろうか、とためらいつつも、箸を置いて座敷に上がる。泣いていた女が、あからさまな迷惑顔を向けてきた。

「あたしはまだ晩飯も食べていないんだよ。この人がかれこれ三時間もこうして泣いているからね。悪いがあんた、しばらく相手になってやっておくれ。あたしは少し休むから」

言い終えるや、大叔母が大儀そうに腰を上げたから杣子は驚いた。見たところ三十過ぎの女と向かい合ったところで、なにができるとも思えない。女も「そんな……」と声を震わせたが、大叔母は振り向きもせず台所に入るや扉を閉めてしまった。

杣子は不承不承、大叔母の座布団に端座する。が、どう切り出したものかわからない。女もまた、こちらを睨むばかりで口を開こうとしない。どう見ても、自分より遥かに年下の少女に、夫の浮気を泣きつく気にはならないだろう。

居心地の悪い沈黙が流れていった。女が大きな溜息を吐く。その拍子に、女の泣き腫らしたまぶたが目に入り、杣子はふと哀れを催した。仕方なく、大叔母が飲みさした茶で喉を湿らせてから、思い切って口を開く。

「ご主人があなたの悪口を、お相手の女性におっしゃっているということですが」

女がキッと目を上げる。怒りとも哀しみともつかないものが、顔中を覆っていた。

杣子は動じながらも言葉を継いだ。

「ご心配には及びません」

生来の無愛想が祟って、ひどく断定的な物言いになる。女の目はいっそう険を帯び、

「そんなことっ、あなたにどうしてわかるんです。心配ない、だなんて」と、憤然と言い返してきた。

「ご主人の場合、ただのよそ見だからです。つまり遊びでその女性とお付き合いをされているだけです。あなたの悪口を言うのも、女性の気を引くためでしょう。本気であなたを悪く思っているわけではありません」

女はますます訝しげに目を細めた。

「そんなの、ただの慰めだわ。嘘に決まってる」

「いいえ。ご主人、お宅にいるときはあなたにとてもよくしてくれているはずです。会話も弾んでいるようですし、もしかしたら家事も率先して手伝ってくれるのではないですか？　それに、お子さんの世話もこまめにする、いいお父さんです。端から見れば、なんの問題もない円満なご家庭でしょう」

女は薄気味悪げに、しかし、ゆっくり顎を引いた。

「ご主人は、女性に親しまれやすいところがあります。愛想もよければ、他人の面倒を進んで見る優しいところもある。そこに女性がほだされるのです。これは、男としてはけっして悪いことではありません。なんの魅力もない、他の女性からまったく相

手にされない方より、ずっとよろしいのじゃありませんか？」

「そんなこと……私はよそ見をされているのに？」

杣子は変に度胸が据わってしまい、この際だから、思うところをすべて語ってしまおうと開き直った。

「ええ。まず、お相手の女性ですが」

話の舵を切ると、女は前のめりになった。

「ご年齢はあなたよりお若いです。ですが、お姿は、そうですね……こう言っては失礼ですが、あまり麗しいとはいえません。確かに男好きする顔立ちや体つきはしていますし、いわゆる女性らしい……別段たおやかということではなく、殿方を喜ばせる術に長けていると申し上げたほうがいいですが、そういう一面もお持ちです。お相手の愛嬌にご主人は気易さを感じただけで、どこをどう切っても単なる遊び。愛情があるわけでも、将来を見越して付き合っているわけでもありません。もっと言えば、人間同士の結びつきとしても希薄です。というのもこの女性が、ご主人と同じ水準で話ができる方ではないからです。たぶん、ご主人がお話しになることに、大袈裟な相槌を打っているだけかと思われます。ちなみにあなたは、ご主人からなにか相談を受けたら、ご自身の意見を伝えたり、適切な答えを与えたりなさっているのではありませんか？」

女は大きな音で唾(つば)を飲み込み、擦(かす)れ声で返した。

「……そうです。その通りです。私なりの考えを必ず伝えるようにしています。主人も、それをありがたがっている様子だったのですが……」

「おっしゃる通り、ご主人は、あなたを頼みに感じています。伴侶(はんりょ)としてありがたく思っていますし、人としても崇(あが)めています。もちろん、愛情もあります。でも時には、誰でもいいから、ただ話や愚痴を聞いてほしい、ということもありますでしょう。建設的な意見交換ではなく。この女性は、そういうご主人の心の隙間(すきま)に入り込んできただけです」

「入り込んで……でもね先生、それが心地よいのなら、主人はそちらに行ってしまうのではないかしら？」

女は、「先生」と杣子を呼んだ。最前までの疑心が消え、尊崇の念が芽生えてきているらしい。それが、杣子の口をいっそう滑らかにする。

「心配はございません。もうすぐご主人は、この女性を物足りなく感じて避けるようになります。ご主人は本来とても頭のいい、職場でも頼りにされている方ではありませんか？」

「ええ……そうです」

「ですから、あなたのような聡明なご婦人を伴侶に選ばれたのです。でも、あなたを尊んでいるだけに、弱みを見せたくないのでしょう。格好悪い自分をさらしたくないんです。男性は見栄っ張りですから。それで自分より下に見ている女性に愚痴を聞いてもらっている。ご主人の浮気はその程度のことです。あなたが騒いだり、取り乱したりするようなことではありません」

「でも……このままにしておくわけには。私はどう対処すればよろしいのでしょう」

訊かれて口ごもった。街に下りてから杣子は、カフェーや大叔母の家でたくさんの人間を眺めてきた。希薄な存在感のおかげで、無遠慮に観察しても、咎められることも、気付かれることさえもなかったのだ。今、目の前の女に与えた「答え」は、多彩な人間観察を経て導き出した杣子なりの推論でしかない。ただし状況は推し量れても、十七歳の杣子に夫婦の機微がわかるはずもなく、対策まではすぐに講じられなかったのだ。

女が不安げな面持ちでこちらを見ている。今更どこにも逃げようがない。とっさに、

「ちょっと訊いてみましょう」

と言うなり、間髪を容れず杣子は目を瞑った。ぜんたい誰に訊くというのだ、と自

分でも可笑しくなったが、闇の中で慌てて思考を巡らす。ぐるぐると渦を巻くような景色が見えた。そのとき不意に、〈泰然〉という誰かの声が耳の奥に聞こえたのだ。

刹那、柚子は目を見開く。

「あなたはなにもせず、ただご主人が帰ってくるのをお待ちになっていれば大丈夫です。そうですね、あとひと月の辛抱というところでしょうか。よそ見のことは知らぬ存ぜぬで通してください。ご主人が戻る場所は、あなたのところでしかない、という自信もしかとお持ちください」

「許す、ということですか？　問い詰めもせずに？」

　女は釈然としない顔である。

「許す、というより、見て見ぬ振りをする、ということです。このよそ見は、ご主人のあなたへの愛情を削ぐものではありません。むしろ、戻ったときにあなたのような女性を伴侶にしてよかった、とご主人はしみじみ思うはずです。軽々しい相槌しか打てない女性にうんざりしているところでしょうから。きっと、あなたへの愛情が深まる契機になりますよ」

　自信はひとつもなかったが、柚子は無責任に言い切った。男の浮気というのは不思議なもので、高嶺の花を狙うならともかく、なぜだか賢さも器量も人柄も、たいていは妻より劣った女を選ぶものだ。扱いやすく、気を張らずに済む女と相場が決まっているのだから、妻の座を守りたいのならジタバタせずにどっしり構えていたほうが労少なし、というのが杣子の感じるところであった。もちろん、都合のいい女に逃げる男の弱さに愛想が尽きたというなら、また別の話だが。

「愛情が、深まる……」

女は、高貴な贈り物をされたように、その言葉を幾度も口の中で転がしていた。当の杣子は小さく息をつく。

――愛情なんて、確かめたところでなんの意味もないのに。

女たちが、自分に向けられる愛情の確認に躍起になる生き物だということを、杣子は女給たちと接する中ではじめて知った。彼女たちはどうやら、恋人が自分を大事に想(おも)っているか、いちいち確かめずにはおられぬらしいのだ。調理場の中で、レジスターの脇で、小屋の裏で、恋の話に花咲かせては、のろけたり泣いたり怒ったりしている姿を見るだに、相手の愛情なんぞという、目に見えない上に、絶対でも永遠でもないものに右往左往して、ああでもないこうでもないと悩むだなんて人生を浪費している、と杣子は哀れむのだ。

「そうですか。この経験は、夫婦の絆(きずな)を深めることになるのね」

顔を上気させて女が言った。

「ええ。もちろん。人生に起こることに、無駄なことはひとつもないんですよ」

こんないい加減なことを言って、このの ち夫婦が破綻したらどうしよう、と案じはしたが、まぁこの女人も単に愚痴を吐き出したいだけだろうから、と杣子はすぐに切り替えて笑みを返した。

至極すっきりした表情で女が帰ってしばらくして、大叔母がようよう台所から出てきた。話をすべて聞いていたらしく、

「あんたもまぁ、よく適当な御託を並べられるもんだ」

と、くぐもった笑い声をあげた。杣子が恥じ入ってうつむくと、

「でも、まんざら外れてもいないよ。愛情なんたらはあたしにゃわかんないけど」

大叔母さん、私にもわかりません、と杣子は胸の内で唱える。

「あたしのようにただ相槌を打つだけだと話ばかり長くなるが、あんたのように適当に返してやると、話が早く済むんだね。これからああいう手合いが来たら、あんたに任そうかね」

冗談とも本気ともつかぬことを言って、大叔母は肉付きのよい腹を揺らした。

三

ひと月ほど経った頃、先だって夫の浮気を相談に来た女が大叔母の家を再訪して、

「主人が戻ってきたんです。相手の女人とは別れたようで。先生のおっしゃる通り、主人を責めなかったのがよかったのか、今はとても円満です」

嬉々として報じてきたのだ。

「それは、よかったですね」

なにがよかったのかわからないけれど、杣子は精一杯の笑みを作った。

「ええ。本当にありがとうございます」

どこぞで誂えてきた菓子折を差し出しながら、深々と頭を下げる女を見下ろしつつ、――男女のことというのは、存外単純に出来ているのかもしれない。

と、杣子はそっと肩をすくめた。

私も一度視てほしい、と見も知らぬ女がやってくるようになったのは、この頃からだ。どこでどんな噂になっているのか、

「相手の心を読めるんですってね」

と、目を炯々とさせて詰め寄る者や、

「先に起こることが見通せるって本当なの？」

と、半信半疑で訊く者が、引きも切らずに訪ねてくるのだ。たいがいは恋人だの亭主だのについての相談で、柚子からすれば、身近にいるなら当人に訊けばいいのに、と不可解でしかない内容だった。

「恋人は私をどう思っていますか？」

「片恋なのですが、彼は私にどんな印象を持っていますか？」

「主人は、私への愛情がもうないのでしょうか？」

相手の愛情の多寡を目を血走らせて計る女たちの欲求が、柚子には意地汚く映る。自分が相手を好きなら、それで十分ではないか。勝ち負けを競うように、愛情の分量を比べたところでなにになるのか——。柚子は気乗りせず、といって切羽詰まった面持ちで相談にくる女たちを無下に追い返すこともできず、おざなりの対応でお茶を濁す。

恋人の気持ちを訊いてきた女人には、取り敢えずこんなふうに応えておく。

「心の底ではあなたのことをとてもお好きです。ただ彼自身、そのお気持ちにまだ気付いていないかもしれません。もう少し月日を重ねていけば、あなたは彼にとってなくてはならない存在になります。焦らず、地道に関係を築いていくことが大切です」

恋人の気持ちを危ぶむのは、相手の言動から愛情を感じ取れないということだ。その男が感情表現をしない性分なのかもしれないし、実はもう別れたいという本音が潜んでいるのかもしれない。ために、相談者にかなりの悲愴感が見える場合は、

「彼は少し冷めてきているようです。もしあなたが未練を断ち切れるなら、他の出会いに目を向けていったほうがよろしいでしょう」

と、敢えて厳しい結果を伝えてみる。相談者によって答えを適当に変えていると、本当に自分に神通力があるような気がしてくるから不思議だった。

片恋相談の女には、杣子がその相談者に接して受けた印象を、相手の男性の見方として語れば事足りた。夫婦間の問題に関しては複雑な内容が多かったから、「このご縁はあなた次第ですね。あなたがお辛かったら別れるべきです。ただ、ご主人のほうから離れることはないでしょう」と、告げるにとどめた。多くの女は、男女の関係において自分に決定権があれば、それがいかなる結果に終わろうとも、まず満足するのだ。

杣子の返答はいずれも当てずっぽうである。ところがなぜだかそれを口にするとき、「きっとそうなるに違いない」という予感が胸の内に灯っている。そうしてその通り、

杣子の語る「答え」の的中率は高いらしく、あとから悲喜こもごもの様相で報告に来る女たちから、「先に、視ていただいてよかったです。心の準備ができましたもの」と、涙を流さんばかりにして感謝されることが茶飯事となった。いつしか大叔母の家は、彼女たちが「お礼に」と持ってきた品で埋め尽くされるまでになっていた。

「これなら当面、買い物に行かなくともいいようだよ」

洋菓子を頬張って上機嫌な大叔母に比して、杣子は肩や背中に重石を乗せられたような疲労に見舞われている。カフェーでの勤めを終えてから、家に帰って深刻な顔をして待っている女たちの些末な悩みを聞かされるのだ。毎日床に入るのは丑三つ時、幸いカフェーは開店が遅いからまだ助かるが、それでも七時には起き出さないとならない。寝不足で目の下には隈ができ、ひどい耳鳴りに悩まされるようにもなった。

――もしかすると。

杣子は思う。相談を受け付けているときに時折内耳の奥から聞こえてくる声、あれも耳鳴りの一種なのかもしれない、と。

「どうやって先のことや相手の気持ちを読むんだい」

大叔母の家に溜まりに来る婆さん連中は、興味津々で杣子に訊くのだ。揃って齢六十を超え、酸いも甘いも嚙み分けて、自分の真ん中にでんと動かぬ「自分」が据わっている人たちである。一様にがさつで物言いも乱暴だったが、婆さんたちと話すことで、杣子は気鬱から幾分救われるのだった。

「ご相談者様とお話ししていると、うっすら伝わってくるんです」

適当に、杣子はごまかす。

「どんなふうに？　言葉で聞こえてくるのかい？」

「ええ、まぁ、そんな感じです」

すると、ひとりの婆さんが眉根を寄せたのだ。

「したって、亭主の気持ちなんぞ知って、どうするってんだろうね」

向かいに座った、こめかみに膏薬を貼った婆さんも、

「まったくだよ。うちの爺さんが私をどう思っていようが、まったくどうでもいいことだけどね。愛情？　そんなもん、腹の足しにもならないってのに、菓子折まで持って杣子に訊きにくるだなんて、おかしな世の中になったもんだ」

と、大口を開けて笑い、ついでに大叔母も、

「だけどそういう迷える女たちのおかげで、うちが潤ってるんだからありがたく思わなくちゃあならない」

冗談口を叩く。先の膏薬婆さんが、

「そりゃそうだが。したって、亭主の愛情なんざ、あと十年もすればどうでもよくなることなのにねぇ。杣子、あんたそれを教えてやったらどうだい。『あと十年お待ちになれば、あなた、こんなことで悩んでいた自分が恥ずかしくなりますよ』って。これ以上ない予言だよ」

杣子の肩を思うさま叩いて言った。一斉に笑い声があがる。

――十年経たなくたって、今の私から見ても、くだらない悩みだけど。

言いかけた言葉を飲み込んで、杣子は愛想笑いをする。と、頭の隅に一抹の不安がよぎったのだ。

――だけど、あと何年かしたら、私もここに相談に来る女たちと似たような悩みをいだくのだろうか。

そんな羽目になったら、私は私にどれほど失望するだろう――思った途端、首筋がぞわりと波打った。

カフェーでは変わらず、ここにいるのにどこにもいないふうにして過ごしている。

朝の九時からレジスターの前に座り、淡々と会計をし、午後二時を過ぎた頃に賄いを手にして裏の小屋に籠り、小路の様子を眺める。ちょうど背広姿の一団が通るところであった。同じような服装をしているせいか、どの顔も個性が塗りつぶされている。

杣子はふと、手にしたスプーンを置いて、机に頬杖をつく。

もしかすると、相談に来ている女たちの亭主や恋人も、大なり小なり似たような男なのかもしれない。簡単に周りと同系色に塗りつぶされてしまうような。なんら光るところもないような。石を投げたら当たるような。容姿のみならず、資質や才覚が飛び抜けて秀でた男なぞ、考えてみれば世の中にそうそういるはずもないのだ。さらに言えば、そうした偉才が、恋だの愛だので頭の中をいっぱいにして、どこの馬の骨とも知れぬ杣子のもとに相談に通うような女を、好きになるはずもないのだった。

――でも、だとしたら、彼女たちをここまで執着させている理由はなんなのか。

空いた皿を流しに持って行き、再びレジスターの前に座る。ここには女給目当てに通ってくる男の客が大勢いる。軽い口振りで女給をからかう紳士もあれば、本気で惚れ込んで熱心に女給をくどく輩もある。誠意があるのは後者だろうが、女給たちの間で人気なのは前者である。楽しい、面白い、話しやすい、後腐れがなさそう、と彼女らは軽々しい客を称えるのだが、たぶん男がいざ自分のものになると、異様な執着を見せるのだろう。

相談に来る女たちの中には、別れた男が幸せになるのを許すまじ、とすさまじい怨念を抱いている者もある。

「彼が野垂れ死ぬよう、術を掛けることはできませんか」

と、薄暗い声で望む者までいて、柚子は震え上がりながらも、

「彼を苦しめるには、あなたが誰よりお幸せになることとです。そうすれば、彼は死ぬほど後悔しますから、まずはその道を探ってまいりましょう」

と、極力明るく言って、場を収めるよう努めるのだ。

——執着を持つから、人は不幸になるのだ。

そう柚子は思う。

——このくだらない執着を手放せば、誰しも簡単に幸せになれるのに。

柚子には今のところ、なんの執着もない。悩みもない。だから女たちよりはずっと幸せなはずなのだが、では満ち足りているか、といえば、それも違うように感じる。

そもそも、幸せとは、なんなのだろう——。

四

杣子の評判はとどまることを知らず、いつしか「山伏村の千里眼」なる異名まで伴い、広まっていった。隣町はおろか、汽車をいくつも乗り継いでいくような遠い街からも、人が押しかけてくる。大叔母の家の前には、雨が降ろうが風が吹こうが絶えず行列ができ、杣子はとうとうカフェーでの勤めを辞めなければならなくなった。それでも暮らしに詰まることがなかったのは、相談者たちが菓子折のみならず、謝礼を支払うようになったためだ。杣子や大叔母が見料を設けたのではない。女たちが、お布施だといって勝手に託していくのである。

杣子が使っている玄関脇の四畳半は、今や文机をひとつ置いた相談室へと役目を変えており、杣子自身は相談者から神仏同然に崇められるようになっていた。部屋に一歩入るなり、

「ようやく拝ませていただくことができます」

と、手を合わせて涙する者まであって、この頃になると、杣子はさすがに良心の呵責に苛まれた。

「鑑定のお時間はおひとり、三十分までとさせていただきますね。多くの方をお楽にしたいので」

これは、長く話してボロが出るのを避ける目当てである。女たちが持ちかける相談はたいがい恋愛か家庭不和に関することで、だから杣子は相手の歳の頃で見計らい、

「今日は、恋愛のご相談ですね」

「ご主人となにかありましたか」

と、女が相談内容を口にする前に切り出してしまう。一刻も早く鑑定を終わらせるための知恵だったが、女たちは一様に目を瞠り、

「どうして、それがおわかりになるんです？」

あたかも妖気に触れたように唇を震わせるのだ。

三十分で話が終わらなかった相談者は、「また明日、いらっしゃい」と優しく微笑んで追い払う。遠くの街に住む女はそれでたいがい諦めるが、近隣に住まう者だとこれを鵜呑みにして連日通ってくるから嫌になる。

「主人の本心が知りたい」と、再々訪れる、このひっつめ髪の女もそのひとりである。

「主人が、外で私のことをだいぶ酷く言っているようなんです」

はじめて相談室にやって来た日、女は憔悴しきった様子で訴えたのだ。以前にも似

たような相談があった。確か、最初に視た女だ。さてはまた浮気性の旦那か、ならば案じるほどのことはない――杣子が見立てを口にしようとしたところで、女はほつれた鬢を撫でつけつつ続けたのだ。

「それも、近所の八百吉という八百屋のおかみさんに、どうにかして別れられないか、と相談しているっていうんですから」

杣子はしばし、言葉に詰まる。八百吉には杣子もよく買い物に行く。おかみさんは確か四十がらみ、骨太な上に肉付きがいいのだろう、ぱっと見、丸太を組み合わせて作ったような体格である。無口な亭主の代わりに明るく店を切り盛りしている働き者ではあるが、「下心をもって近づく」対象でないことは、杣子にもそこはかとなく察せられる。

「もしかすると、あなたは八百吉でよく買い物をするのではありませんか?」

「はい。二日に一度は寄っています」

なるほど、と杣子は、この亭主の意図がうっすら読める気がした。しかし、不用意に答えを出すにはまだ早い。

「その八百吉のおかみさんが、ご主人があなたについて相談しているという事実を、あなたに伝えたのですね?」

「そうです……。もっとも、おかみさんは、やんわり伝えただけです。ただ、主人が相談を持ちかけていた場にお客としていらした近所の奥さんが、私のことをだいぶ悪く言っていたと教えてくださって」

やはりそうか、と柚子は静かに顎を引きつつ、質問を続ける。

「ご主人はお勤めをなさっているんですよね」

「ええ。三科町の問屋で。八百吉さんは、主人の取引先でもあるんです」

取引先といえば、仕事相手である。そんな相手に、妻の悪口だの家庭の内情だのを話すとは、いい歳をして公私の線引きもできていないのだな、と柚子は密かに嘆息する。

男が妻を悪く言う場合、それを語る相手によって意味合いは変わってくる——これは、街へ下りてから柚子が見付けた原理である。

例えば男同士で話す場合、妻を腐したとしても別段気にするまでもない。「うちの愚妻が」という単なる常套句だからだ。むしろ、男友達や会社の同僚を前にして妻を褒めちぎるような男があったら、そちらのほうが心配というくらいで、身内を貶めるのは単に照れや謙遜が形を変えただけである。

反して女性に対して妻を悪く言う場合は、二通りの意味合いがある。ひとつには、狙った女性を落とすため。これはたいてい遊び目当てであるから、以前の相談者のように時を経れば亭主は戻ってくる。所帯持ちの男が本気で他所（よそ）の女を好いた場合には、女の前でまず妻の話は出さないものだ。

問題は、今相談に来ている女の亭主のように、下心を抱いていない女性に対して妻への鬱憤を漏らす場合である。これはおそらく、本音だ。本気で自分の妻を疎（うと）み、同じ女の立場から具体的な助言をしてもらう目当てなのだ。さらにこの亭主が厄介なのは、妻への不満が、周りから当人の耳に入るよう画策している点である。うまくすれば八百吉のおかみさんが妻に伝えてくれるのではないか——そんな淡い期待が行動の奥底に流れているのを、杣子はしかと感じとった。

〈なんて器の小さな男だろう。こんな亭主と一緒にいたところで、いいことなんてひとつもあるまい。とっとと三行半（みくだりはん）を突きつけるのが賢明だ〉

内耳にはっきり声を聞いて、杣子はゆっくり、なるたけ柔らかな言葉を選んで告げたのだった。

「ご主人は、別段あなたのことを憎んだり嫌ったりしているわけではありません。ただ、ひとりになりたいと強く願ってらっしゃるようです。もともと、結婚に不向きな、ひとりでいるのがお好きな方なのではないですか？」

女が首を傾げた。詭弁を弄し過ぎたかもしれない。柚子が感じる範囲では、この亭主はけっしてひとり好きではない。むしろ、常に誰かと一緒にいたいという弱さが視える。なにしろ、家庭の悩みすら自問自答できない男なのだから。それでも柚子は、女を傷つけないよう遠回りして言葉を選ぶ。

「ご家族といらっしゃるときは、そうした一面が見えにくいかもしれません。でもご主人は元来、おひとりがお好きな方です。もしあなたが思い切れるのなら、ご主人と離れてみるのも手かもしれません。そのほうが、あなたも自由で楽しく暮らせるはずです」

するとと女は、ほつれ毛を激しく揺らしてかぶりを振ったのだ。

「主人と別れろということですか？　とんでもないっ！　うちには十歳になる娘もいるんですよ。別れて、私にどうしろとおっしゃるんです。娘を養っていけませんよ。暮らしの目処だって立ちませんっ」

凄まじい癇癪に、柚子は怯んだ。縫い子、女給、売り子……この頃では女の仕事もいくらだってあるのに。これほどまでに自分を嫌っている亭主にしがみつくより、多少苦労したって外で働くほうがずっと健やかなはずだ、と伝えようとしたところで、甲高い声で女が続けた。

「それに、世間体だってよくないでしょう？」

亭主と子供と世間体――なるほど、それがこの女の構成要素なのだ。道理で、彼女自身の個性がいくら相対していても視えてこないわけだ。

「それはそうですが……。ただ、ご主人にはあなたに対するお気持ちがないようなのです。それでもいい、我慢をすると言われるのなら一緒にいることも……」

「主人の気持ちが私にないということは、断じてありません。家ではとても優しい夫なんです」

だからこの亭主は、たちが悪いのだ。妻と誠心誠意向き合うこともなく、ふたりの間にある問題を当人にきちんと伝えて解消する努力もせず、一方的に妻を見切って、その決意が周囲から本人に伝わるよう巧妙に操作しているような小狡い男なのだ。妻のことより、どうやったら自分が泥をかぶらずに済むか、面倒臭いやりとりをせずに別れられるかと、そちらにばかり気を遣っているさもしい男なのである。

「もしかすると、八百吉のおかみさんは私に意地悪しているんじゃないかしら。私たち一家があまりに幸せそうで、嫉妬しているのかもしれませんわ。あの方、ずっと働き通しでしょう。その割に、裕福じゃあありませんし」

女の不安が怒りに転じて、矛先が善意の忠告者に向かってしまった。柚子は慌てて、

「八百吉のおかみさんに、そんな存念はありません」

と、打ち消した。

「あら。どうしておわかりですの？」

「霊聴として聞こえてきますから。私の能力は、他人の心の声を聞き取ることですから、そのくらいすぐわかります」

　適当な言で繕った。女は納得しかねるといった顔を見せ、

「でも、やっぱり主人の気持ちが私にはない、というのは嘘だと思います」

と、頑なに繰り返すのだった。あなたがそう信じているなら、それでいいじゃない。なにも私に訊きに来ることはない——と杣子はげんなりし、

「そうですか。私の感じたままをお伝えしただけですから。ただ千里眼といってもすべて当たるわけじゃございませんし、あなたの心がけ次第で様子が変わるようなこともございますから、この鑑定はあまりお気になさらずに」

　ちょうど三十分が経ったこともあって、相談を打ち切ったのである。

　ところが女は執拗だった。三日にあげず通ってきては、「主人の本当の気持ち」とやらを訊くのである。「何度視させていただいても、同じ結果ですよ」と、杣子が告

げたところで、女は頑として「いいえ。もっと深く霊聴をしていただけば、真実がわかるはずですの」と食い下がる。

これにはさすがの杣子も途方にくれた。終いには、相談室の襖が開いて女が立っているのを見ただけで、おくびが出るまでになった。

「あの人は、入れないでほしいの」

思い余って大叔母に頼んでみたが、

「そういうわけにはいかないよ。ちゃんと並んでいるんだから」

と、にべもない。

「それにしたって子供もいる主婦だってのに、こうたびたび家を留守にして大事ないのかねぇ」

呆れたふうに、大叔母は吐き出す。

女は、まるで現実を見ていないのだろう。彼女がすべきは、家を整えること、娘との時間を持つこと、一日外で働いてきた夫をねぎらうことである。「きっと自分を大事に想っている」という、ありもしない夫の本心を杣子からしつこく聞き出そうとする暇があったら、夫と腹を割って話をするほうがずっといい。

それにしても、占いひとつにこの執着ということは、亭主が正直に「別れてくれ」

と頭を下げたところで、彼女はすんなり受け入れないだろう。「そんなはずはない。それはあなたの本心じゃないはずよ」、そう言い募るだけかもしれない。だから亭主も、彼女に「真実」を語りかけることなく、静かに外堀から攻めているのだ。


鑑定は一日五件まで。お一方三十分まで。

ご協力をよろしくお願い申し上げます。

　　　　山伏村の千里眼

九月に入って杣子は、大叔母の家の前にそんな貼り紙をした。連日長時間、人の悩みを聞くのは思いのほか体力を消耗することだったし、なにより他人の悩みに付き合っているうちに杣子自身の気が滅入ることが増えたため、なるたけ対面に割く時間を減らそうと決めたのだった。

「別れた恋人と復縁できる可能性はありますか？」

「私はいい結婚相手に巡り会えますか？」

あんたには男を頼みにするより道がないのか、と説教したくなるのをこらえて、杣子は似たり寄ったりの相談を聞き続ける。厳しい結果を伝えると、女たちは決まって再訪する。そうして同じ質問を繰り返す。結果は変わらない。復縁できないものはできないし、当面結婚に縁がなさそうという鑑定が数日で翻ることもないのに、だ。

――いい結果を伝えた相談者は、それきり姿を見せないけれど。

もしかすると女たちは、真実を知りたいのではなく、自らが望む答えを「千里眼」の口から聞きたいだけなのではないか。となれば、ここに通ってくる執拗な相談者を追い払うにもっとも有効なのは、真実ではなく女たちの望む答えを放ってやることなのではないか――。

その考えに行き着いたとき、ふっと重石がとれたように身が軽くなった。ともかく一刻も早く、この不可解な仕事から足を洗って、今一度カフェーのレジスター前に杣子は戻りたかったのだ。いるのにいないような人として、誰にも見咎められず、誰からも崇められずに生きていきたいのだ。

「あなたは片恋だとおっしゃいますが、お相手の方もあなたを好いてらっしゃいますよ。愛情の大きさで視たときに、彼のほうがずっと大きいくらい」

「いいえ。別れません。ご主人はあなたと別れる気は毛頭ないの。なぜなら、おふたりは魂がしっかり繫がっていますから。私にははっきり視えます。切っても切れないご縁ですよ」

「たぶん三月以内に、ご結婚に繋がるお相手が現れます。そうね、背が高くて、背広が似合う、異人さんのように目鼻立ちがはっきりした方ね」

相談者と対面して悩みを聞く。少し視させてくださいね、と断ったのち目を瞑り、彼女がどんな答えを欲しているか想像を巡らす。浮かんできた答えの中で、もっとも相談者が喜びそうなものをさらりと伝える。さも確信めいた口調で。自信たっぷりに。未来がはっきり視えているような顔をして。女たちは例外なく喜色を漲らせ、「ありがとうございます。ご相談して本当によかった」と手足に繋がれた鎖がとれたような晴れ晴れとした顔をして帰っていく。

杣子の告げる答えにはひとつとして真実がないのに、いただくお布施は増える一方、鑑定後に届く贈り物の中には、「片恋でご相談したお相手と、婚約にいたりました。先生が『大丈夫』と太鼓判を捺してくださったおかげで、不安にならずに済みました。ありがとうございます」と一筆箋が挟まれているものまであって、「追い払うために、適当に言っただけだったのに」と、手紙片手に幾度も首を傾げる羽目になった。

「あんたはいいことをしてるよ」

なにも知らない大叔母は、しきりと感心している。

「あたしなんざ、ここに来る女たちの相談を聞くにゃあ聞いたが、適当に相槌を打っていただけでさ、たまにゃあ説教までしてたもの。あれじゃあ女たちの胸も曇ったままだったんだろうね」

でも大叔母さん、私は嘘をついてるんです——打ち明けようとしたがよした。杣子が感じとれる真実が、本当に真実である確証はどこにもないのだ。

「あんたの鑑定は希望を見せてるだろ。女たちもさ、ああ私は想われてるんだ、この人とは長続きするんだ、と本気で信じるから、実際そのようになるんじゃないかね。信じる力ってのは、存外侮れないからね」

嘘から出た実、か。杣子は曖昧に笑ってから、

「そろそろ支度しなきゃ」

と、相談室へ入っていく。

「すみません。私の力不足で、これまでは深いところまで視えていなかったようなんです。ご主人の心は、幾層にもなっていて、他の方より感じ取りにくいものですから。頭がよい方だけに警戒心も強いのでしょう、誰にでも心を開く方ではないようにお見受けします」

久方ぶりに女が訪ねてきたのは、十月頭のことだった。亭主が八百吉のおかみさん

に家庭のことで相談をしている、と泣きついてきた女だ。てっきり鑑定で解決策を得ることは諦めて、亭主と差し向かいで話し合うという真っ当な手段に落ち着いたのだろうと胸を撫で下ろしていたのだが、まだ女の懊悩は解消されていなかったようである。

「やはり、そうですのねっ。私がずっと、おかしいと指摘した通りですのね」

興奮の態で身を乗り出した女を見て、杣子は舌打ちしそうになるのをすんでのところで堪えた。この女と早いところ縁を切るほうが先決なのだ。

「ご主人は、あなたのことを心の奥底で大事に想ってらっしゃいます。お宅でもよき夫であり、父親であるのが、その証です」

女がせわしなく頷いている。亭主に同情するつもりはなかったが、夫や子供に依存するばかりの女と一生を共にしていくのは骨だろうな、と杣子はしみじみ思い做す。

「ですがどこかで、それに抗するお力が働いているのです。それはですね、少々お待ちください」

杣子は断って、目を閉じた。すでに、適当に捏造した答えは頭の中にある。間を空けたのは、それを女にもっともらしく伝えるための小芝居だった。たっぷり時間をとってのち、カッと目を開く。心配そうにこちらを窺う、なめくじに目鼻を描いたような、ジトッと湿った女の顔が真っ先に飛び込んできた。

「ご主人は、ご自身の家庭人としての顔を、外では出したくないようなのです。ことに仕事で関わる方には。それで八百吉のおかみさんに、あなたのことを腐しているようなのです」

「家庭人であることを、隠したい？」

女の眉根が曇る。

「ええ。ご主人は、仕事より家庭を大切に想っている様子が視えます。極端なことを申し上げると、家族がいれば仕事はなくともいい、とすら思ってらっしゃいます。できれば仕事に行かず、ずっと家にいたい、そのくらいあなたやお子さんを大事に想ってらっしゃるんです」

視たところ、この亭主は実際、娘に対してはしっかり愛情を注いでいる。ただ、妻への愛情は一切なく、それどころか嫌悪感さえ抱いている。ために、妻が家を出て行って、娘とふたりで暮らしていけたらどんなにいいだろうと、心底から願っている。妻に離別を言い出せないのはそのためで、つまり自分が先に家を出てしまうと、娘は必然的に妻と暮らすことになるからである。どうか、妻が自分に愛想を尽かしてひとりで出て行ってくれぬか、と長らく願っている亭主の声が、柑子にははっきり聞こえてくるのだった。

「でも、ご主人はこうもお考えです。男として家庭第一ではいけない、仕事をして一家を養っていくのが大黒柱たる者の務めである、と。そのため外では、家庭を大事にしていないように振る舞わねばならない、そんなふうに思っておられるのでしょう」

「でも、そうだとしても私を悪く言うことはないと思うのですが……」

いいことを言ってやっても、この手の女は疑うのだ。腑に落ちないと言って怪しむのだ。それは心の奥底で、亭主が本当は自分を嫌っていると知らず識らずのうちに感じ取っているからなのだが、当人はそのことにすら気付いていない。

「別段、悪く言っているわけではありませんよ。よく男の方が『うちの愚妻が』とおっしゃいますでしょう。同じことです。ただの謙遜です。仕事で関わっている相手に、奥様をのろけるわけにはいきませんから」

快活に笑って返すと、女はようやっと溜飲が下がったような様子になって、ホウッと大きな息をついた。頬に血色が甦っていく。

〈この女は、今の家庭で生きていくよりないのだ。夫と娘だけが女が手に入れることのできたものだからだ。亭主が妻の存在をひどく退屈に感じているのは、この女が自分の人生を生きていないからだ。その上、べたべたと依存され、うんざりしているのだ。亭主も亭主で器が小さな男だから、別れを切り出すような思い切った行動には出ないだろう。気持ちはなくとも、おそらく女が行動を起こさぬ限り、一生形だけの夫婦でいることだろう〉

内耳に声が囁(ささや)く。柚子は、女にゆったり微笑(ほほえ)みかける。

「お心を通じ合ってらっしゃるおふたりです。ご主人も間違いなく、あなたを大事に想ってらっしゃいます。あなたが気をつけることはひとつだけ。不安に囚(とら)われないことです。不安に思っていると、それが現実になってしまいますからね。ご主人を信じておられれば大丈夫ですよ。とてもご縁の深いおふたりですから、こののちも別れるようなことはございません」

最後に今一度、「大丈夫」に力を込めて繰り返す。たいていの女は、このひと言で霧が晴れたような顔をする。

「よかった。やっと真実に辿(たど)り着けましたわ。先生、お力を上げましたのね」

得々として女が言うのに、「おかげ様で」と柚子は気のない相槌を打つ。女はお布施だといって分厚い封筒を差し出したが、柚子は「いただけません」とそれを差し戻した。

「なかなか当を得たことを申し上げられなくって、あなたを惑わせてしまいましたから。まことに申し訳ないことを致しました」

殊勝に頭を下げると、「まぁ、先生」と女は声をはね上げた。

「お気になさらないで。最後にはちゃんと真実に辿り着いたんですもの」

これでもう女はここへは来ないだろう――。柚子は、

「本当に御代は結構ですの。あなたがお幸せになってくだされば、それで」

言うやさっさと立ち上がり、自ら相談室の襖を開けて、女を外へと促した。厄介払いできたことに今にも小躍りしそうな身体をなだめながら。

女がしつこいほどに頭を下げて帰ったあと、

「なんで、お駄賃をいただかなかったんだね」

と大叔母が訊いてきた。

「だって、あの人からもらいものをしたら、不運がこっちに回ってきそうで、嫌だったんだもの」

応えながら、自分はなんと冷酷な人間なのだろうと、柚子はおののくような心持ちになった。

五

その年の暮れ、杣子は相談室を閉めた。

女たちが男の顔色を窺って生きていくさもしさを見せつけられるのにほとほと嫌気が差していたし、といってその反動で、「私はこうはなるまい」と男に対して必要以上に頑なになってしまうのも難儀な気がして、兎にも角にもこの世界から離れることを急いだのだ。

大叔母は、「あれほど実入りがよかったのに、もったいない」と、はじめこそ惜しんだが、「しかしまぁ、長くする仕事じゃあないんだろうね」と、なにを感じ取ったのか、物わかりのいいことを言った。

久方ぶりにカフェーに顔を出してみると、店長の久慈川は杣子を覚えていて、

「いやぁ、ちょうどよかった。会計係が辞めたところでさ」

と、思いのほかあっさり、杣子は再雇用されることとなった。女給たちの顔ぶれはこの短い期間にすっかり変じており、千里眼同様、真実を隠して表向き皆にいい顔をしなければならない女給という仕事も長くできるものではないのだな、と杣子はひっ

そり得心した。

たまに、相談室にやってきていた女を、カフェーの客として見かけることがある。だが彼女たちは一様に、レジスターの前に座っている杣子に気付かない。すぐ目の前のテーブルで、「千里眼の方、お辞めになったのよね。残念だわ」なんぞと話しているのを聞くにつけ、

——ああ、私はまた、いるのにいない人に戻れたのだ。

と、杣子は満悦だった。

相談を受けず、レジを叩くだけの日々を送るうち、ふた月もすると内耳の声はまったく聞こえなくなってしまった。そのときになって、少しばかり惜しい気もしたが、同時になにか厄介で面倒なものから解放された喜びも滾々と湧いてきて、杣子は大きく深呼吸をした。

冬を越し、木々が芽吹いてきた頃、カフェー裏の小屋でひとり遅い昼食をとっていた杣子の前を人影がゆっくり横切っていった。思わず息を呑む。八百吉のことで通ってきていた、あの女だった。亭主らしい物堅そうな男と、小学生くらいの女の子を連れている。一家三人で、買い物にでも行くのかもしれない。女の子が、はしゃいだ様

子で盛んに母親に話しかけている。それに逐一頷く女から、杣子は目が離せなかった。

彼女が、ひどく老け込んでいたからだ。

相談室に通ってきていたのはたった半年ほど前なのに、まるで十数年も経ったように見える。髪の大半は白く、口の周りや目尻には深い皺が刻み込まれていた。肌も、乾いた木肌のように艶がない。

亭主は、母娘より四、五歩先を歩いており、話に加わろうともしなければ、一度も妻子を振り返ろうともしない。女は神経質に亭主のほうを見遣りながら、話に興じる娘に向かい、

「ほら。遅れるとお父様にまたぶたれるから」

と、小声で告げ、足を速めた。

一家が遠ざかり、角を曲がっていくのを見届けてから、杣子は深い溜息をついた。

――あのとき、真実を譲らなかったら……。

胸の奥がキリリと疼いたが、やがて杣子は思い直したふうに、かぶりを振った。

「どれが真実かなんて、誰にもわからないことだもの」

声に出して言ってみると、体のどこかにうずくまっていた澱が、いくらか溶けて流れていったような気がした。

頓田町の聞奇館

一

六度目のお見合いが不調に終わったとき、父は知枝(ともえ)を怒鳴ったのだ。

「調子に乗るのも、たいがいにしろっ」

それまで溜(た)めに溜めていた鬱憤(うっぷん)が爆(は)ぜたのか、一旦堰(いったんせき)を切ってしまうと知枝を責める言辞が次から次へと溢(あふ)れ出して止まらなくなった。

特段器量もよくない。裁縫ができるわけでも料理がうまいわけでもない。といって学業もからきし、苦労して入れた女学校も途中で辞めて、家で毎日ぼんやり過ごしているだけのお前と、見合いをしてやろうという相手があるだけでも御の字なのに、座敷で向かい合ってもお高くとまってニコリともしないとはなにごとだ。先様(さきさま)の質問にもろくろく答えず、お相手の話には一切関心を示さない。それじゃあ、向こうさんに断られるのも道理じゃあないか。十八歳にもなって、見合いに本腰も入れないで、先々どうするつもりだ。周りはみな、縁づいているだろう。この近所で売れ残っているのはお前くらいなものだ。親が必死で相手を探してきたところで、お前がそんな態度ではまとまるものもまとまらんのだぞ。父さんたちは、お前を一生面倒見ることなぞできないんだ。少しは自分の将来を真剣に考えたらどうなんだ——。

父は平素、至っておとなしい人だったから、ここまで声を荒らげるのを見るのは幼い頃の記憶から辿(たど)ってもはじめてのことで、知枝はその剣幕に驚きながらも滅多に見られぬ見世物に運良く出会ったような昂揚(こうよう)を得ていた。なるほど、父は怒るとこめかみに血道が浮かぶのだ、白目が充血するのだ——そんな観察を楽しみながら、口答えのひとつもせずに嵐(あらし)が過ぎるのを待ったのだ。

思いつく限りの我が子の欠点を並べて気が済んだのか、それとも暖簾(のれん)に腕押しといった知枝の様子に愛想を尽かしたのかわからないが、大きな溜息を残して父が部屋を出て行ったあと、入れ替わるように着替えを持って現れた母がぽつりとこぼしたひと言はしかし、知枝の耳に鋭く刺さった。

「あんたはお姉ちゃんと違ってなんの取り柄もないんだから、せめて気立てをよくしなきゃあもらい手がないよ」

聞き倦(う)んだ攻撃だから受け流したつもりだったが、意に反して眉間(みけん)が皺(しわ)を刻んでしまった。

「そら、また仏頂面を作って。そんな顔をしていると、もらい手がなくなるどころか、いずれあんたの眉間に深い縦皺が刻まれちまうよ。そうなったら本当に手遅れだ」

母は着替えを置くと、知枝がやり返す前に素早く襖の向こうに身を滑らせた。行き場を失った憤りを持て余し、知枝は晴れ着のまま畳に寝そべってやる。嫁にいく前の姉に母が仕立てた晴れ着が、寝返りを打つたびよれてひしゃげていく。なんだか、清々した心持ちになって、天井の木目を見詰めた。

「私にはもう、決まった人がいるんだもの」

空想の中で木目がその人の面差しに変じていくと、胸裏に甘やかな香りが立ち上った。

出会いは、二年前になる。女学生の時分に通っていた、咲山町の一軒家でのことだった。そこには桐子、という名の翻訳家が独りで住まっており、知枝は週に一度、英語を教わりに行っていたのだ。

なんとか学校には入れたものの、またたく間に落ちこぼれ、このままでは進級が難しいと教師から引導を渡されたことが発端だった。父は狼狽し、つてを辿って家庭教師を探した。父の学友の妻が桐子の叔母というひどく遠い縁である上、彼女自身も「人に教えるほどの技術はないので」と固辞する中、父が平身低頭頼み込んで無理を通したのだった。

このときも母は、

「お父さんはこれから先、あんたのことでどれだけ頭を下げていくのかしら」

と、小馬鹿にするようなことを言って舌を出したのだ。

学校以外の時間まで勉強に費やす羽目になったことにはうんざりしたが、咲山町に通うことはすぐに楽しみのひとつとなった。

桐子の家が、知枝の今まで知り得なかったハイカラで知的な香りに満ちていたからだ。部屋はいつも隅々まで掃き清められていて、趣味のいい置物や絵画がさりげなく飾られていた。仕事部屋は、茶の間や台所に比べると少し雑然としていたが、樫の木で作られた机や、洋書がぎっしり収まった楔本棚は、うっとりするような佇まいだった。桐子もまた、派手さこそないがいつも身ぎれいにして、縞の着物の着こなしも粋なら、白粉けのない肌も透明に澄んでいた。

品と知性に満ちた彼女の暮らしぶりに接し、

——うちとはまったく違う。

と思うにつけ、知枝の中に、「桐子さんのようになりたい」という憧憬と、その反動のようにして「母さんのようにはなりたくない」という嘲りとが湧き起こってくる。常に出来のいい姉と比べては知枝をからかうことを生きるよすがとしている母への、密かな意趣返しをしている心地であった。

この咲山町の家で、知枝は出会ったのだ。

それは、まごうことなき理想の男性だった。見た目も麗しかったが、話を聞けば聞くほど、彼の人柄や、博識で仕事に真摯な様に魅了されていったのである。

その人は、茶の間の仏壇に飾られた一葉の写真に収まっていた。

「私の祖父なのよ。若い頃の写真だけど」

食い入るようにして写真に見入る知枝に、桐子は言った。

「本草学ってわかるかしら。その研究者だったの」

本草学というのは、今で言う植物学のことらしい。草木の観察をし、記録をつけ、新種の植物を求めて時には遠くの山や湿原まで出掛けていく仕事なのだ、と彼女は述懐した。それでどうやってお給金を得るのだろう、と知枝は不思議に思ったが、大学校で教鞭を執っていたと聞いて得心した。生徒を教える傍ら、日本各所をさまよって草や花を愛でる青年の姿を想像するたび、「ロマン」というその頃覚えたばかりの単語が浮かんだ。

植物に夢中になるくらいだから、きっと心優しい人なのだろう。僻地まで冒険に出掛ける逞しさも持ち合わせている。自然と一体になる日々の中で、柔軟で豊かな考えも身につけたはずだ。現実に飲み込まれることなくロマンチストで、そうして時折、花言葉で愛を囁いてくれるのだ。

「知枝ちゃんは、とても信心深いのね」

あるとき桐子が言った。首を傾げた知枝に、

「だって、毎回そうしてお仏壇にお参りしてくれるし、お供え物までくださるでしょう」

花瓶に挿した桔梗の花を見遣って、桐子は微笑んだ。英語を習いにいくとき、庭で摘んだ花を持参するのがいつしか知枝の習いになっていたのだ。

切れ長の目、すいと通った鼻筋、薄い唇。彼の面差しを、家に帰ってからも知枝はたびたび目蓋に浮かべた。写真は胸より上しか写っていなかったが、きっと頑健な体軀を持っているに違いない。毎晩布団に入ると、彼が水筒をぶら下げて野山を駆け巡る様が、まるで活動写真のごとく天井の木目に映し出されるようになった。傍らには、いつしか知枝が寄り添っている。時折木陰で休んでは、彼の差し出した水筒の水を飲

む。目が合って小さく微笑むと、彼は言うのだ。

——こうしてあなたと歩いていると、どこまでも行ける気がします。

知枝はまだ十六で、その夢想は留まるところを知らなかった。


けれどこの一年後、咲山町通いは呆気なく終わりを迎えてしまったのである。桐子に同居人ができたことがきっかけだった。

「ごめんなさいね、知枝ちゃん。翻訳の仕事が忙しくなってしまったの」

桐子ははじめそんな理由を告げたが、気高い美しさを誇っていた彼女の様子が、少し前からどことなく崩れてやつれていくようなのを見て、あの男のせいね、と十七になった知枝はとうに察していた。近頃頻繁にこの家に出入りしている職人風の男に、知枝はなぜだかあまりいい印象を抱けなかったのだ。

「週に一度が難しければ、月に一度でもいいの。なんとか教えていただけないかしら」

勉強嫌いの知枝がそうまでして食い下がった理由はもちろん、仏壇の写真を眺めるためである。桐子の教え方は丁寧で根気強かったが、知枝の成績はちっとも上がらなかったし、勉強は相変わらず憂鬱で苦痛だった。

桐子は目を逸(そ)らし、それから他に誰も居ないのに辺りを憚(はばか)るようにして声を落とした。

「本当のこと言うとね、ここで他人(ひと)と暮らすことになったの」

「たまに見かける印半纏(しるしばんてん)を着た男の人ね」

直截(ちょくせつ)に言うと、桐子は頼りなげに頷(うなず)いた。

「あの方と、ご結婚なさるの？」

お爺(じい)様とはずいぶん佇まいが違うようだけれど、と心の内で付け足す。この頃には、写真の人は知枝の中で男性の最高峰として君臨していたのである。桐子はなにが可笑(おか)しいのか力が抜けたような笑みを漏らしてから、知枝ちゃんは真(ま)っ直(す)ぐね、と肩をすくめた。

「一緒にはならないわ。だって、他人だもの」

「夫婦なんて、最初は誰でも他人でしょう。うちの母がよくそう言っているもの」

「そうね。夫婦はそもそも他人で、その他人同士が、家族になってもいいと本気で思ったとき結婚するの」

「じゃあ桐子さんは、あの方と家族になってもいいと思えないから結婚なさらないの？」

桐子はしばし目線を宙にさまよわせてから返した。

「ええ。ただ可哀想に思って一緒にいるだけだから」

お好きなわけではないのかしら、と不可解に思ったが、知枝はそれ以上訊くのをよした。桐子の面差しが、ひどく寂しそうに見えたからだ。

ともかく、ここに来るのを諦めねばならないことは覆りそうもなく、ならばせめて、恥ずかしくてこれまで訊けなかったことを最後に訊こう、と知枝は思い切って切り出した。

「そしたらあの……せめて、お名前を聞かせてもらってもいいかしら」

途端に桐子がひどく戸惑った顔になる。いけない、お相手の名前を訊かれたと思われたんだわ――気付いた知枝は慌てて仏壇を指し、

「あ、お爺様のお名前。この一年、毎回お参りさせていただいたのに、お名前も伺っていなかったから」

桐子は安堵したふうに、細く息を吐き出した。

「飛田和作っていうのよ。和作は、平和の『和』に『作』る。でも、お爺様の著作はほんの少ししかないから、本屋さんではもう扱ってないと思うのだけど」

本草学者として記した書物を読んでみようと知枝が考えているとでも、桐子は思っ

たのだろう。

「飛田和作」

仏壇に向き直って、知枝はつぶやいた。写真の中で眉目秀麗な青年が、今日も爽やかに微笑んでいる。

和作の写真をもらうわけにもいかなかったから、以来、知枝は想像の中の彼に会うよりなくなった。もとより鬼籍に入っている人だから実体があるわけもないのだが、写真があるのとないのとでは大違いで、胸中には常に空疎な風が吹き抜けるようになった。

そのせいなのか、もともと薄かった向学心まですっかり消え失せ、親に相談もせず一存で女学校へ退学届を出してしまった。当然ながら母は烈火のごとく怒り、父は待ってましたとばかりに見合い相手を探しはじめた。その頃の父は事あるごとに、知枝に学問は向いとらんのだろう、と言うようになっていたのだ。

それから一年半、仏頂面で見合いを壊し続けた知枝に、ついに父の堪忍袋の緒が切れたというわけである。

二

〈口寄せ致し〼〉

街角に貼り紙を見付けたのは、性懲りもなく父が七度目の見合いを持ってきた日のことだった。煩わしさに家を出て、さしたるあてもなく市電で一区間ほどの距離を歩いた知枝は、黄ばんで朽ちかけたその貼り紙の前で足を止めた。

口寄せというのは確か、死者の言葉を降ろすことではなかったか。青森の恐山にはそんな霊力のある「いたこ」と呼ばれる女人が多くいると聞いたことがある。知枝は周囲に目を向けた。なんの変哲もない、横町の景色である。子供たちは空き地で鬼ごっこをしている。買い物帰りらしき主婦が数人、手に提げた籠からネギやゴボウを覗かせたまま立ち話をしている。西に傾きかけた陽が、電信柱の長い影を道に描いている。

知枝は今一度、貼り紙に目を戻す。その片隅に小さく住所が書かれていた。

〈頓田町二丁目十八番地〉

しばしその場でためらうも、やがて番地の書かれた表札を頼りに、路地から路地へと渡っていった。少々拍子抜けするほど簡単に目当ての番地が見つかったのは、もしかするとなにかしらの引力が働いたせいかもしれない。そんなこじつけをして、家の門口にそびえる欅の大樹を見上げた。

呼び鈴を鳴らすのには少しばかり勇気がいったが、いざとなると変に肝が据わるのが知枝である。力を込めて鳴らしてみると、磨り硝子の向こうに人影が浮かび上がった。やがて身幅に開いた戸の隙間から顔を出したのは、痩せこけた蓬髪の老婆だった。

「どちら様で?」

ひどいしゃがれ声だ。

「あ、えぇと。あの、商店街の近くに貼ってあった、口寄せという貼り紙を見たのですが」

言い終わらないうちに老婆はシッと人差し指を立て、狡猾な猫に似た仕草で素早く辺りを見回した。

「入って」

「え?」

「いいから、早く入って!」

低く命じるや三和土に下駄を脱ぎ捨て、老人とは思えぬ身軽さで正面の階段を上っ

ていく。促されるがままに知枝が下駄を脱ぐと、

「履物は持ってきて」

階段の踊り場からしゃがれ声が降ってきた。不審に思うも、ここまで来てしまったのだと腹を括り、下駄を摑んで階段を上っていった。まだ建てたばかりなのか、檜のいい香りが満ちている。漆喰の壁にも染みひとつない。

通された二階の一間は一面に窓が大きくとられた明るい部屋で、十畳と広いのに衣桁がひとつ置かれたきりのすがすがしさだった。障子紙は目に痛いほど白く、青畳のいい香りが立ち上っている。

「ずいぶん広いお部屋ですのね。それに隅々まできれいだわ」

知枝は盛んに感心しつつ、老婆の色褪せた木綿の着物に目を走らせた。入れ物と中身がどうもちぐはぐである。

「この家はね、二年前に息子が建てたんだ。代々の地所にあたしひとりで住んでいた古い家があったんだが、この歳だろう、不用心だし不便だろうってやたら案じるから、息子一家と同居する形で建て替えることを渋々承諾したんだ。ただ本音を言やぁ余計なお世話でね。前の家だって気に入ってたし、ひとりのほうがどれだけ気楽だったかしれないよ」

互いの自己紹介も済まぬうちに、老婆は愚痴を垂れ流した。建て替え費用を息子が出したという理由で、一階の座敷や台所は若夫婦と子供らが使い、自分は二階隅のこの一室に追いやられてしまったこと。近所の茶飲み友達も遊びに来にくくなったようで、近頃足が遠のいていること。頼まれればしていた口寄せも、息子が嫌がるからままならなくなってしまったこと——老婆はカコカコと顎（あご）を鳴らしながらひとしきり語ると、部屋を入ったところに佇んだままの知枝に座布団を勧めた。

礼を言って、座布団脇（わき）に座した知枝は、

「それで、口寄せというのは、亡（な）くなった方の魂を降ろすことでよろしいんですよね。あの、あなた様は……」

「聞奇（ぶんき）」

「え……ぶんき？」

「あたしが口寄せをするときの名だよ。『聞く』に奇妙の『奇』と書く。夫が亡くなってから建て替えをするまでは、ここに聞奇館と看板を出していたものさ」

老婆は得々として告げた。

「そうですか。それで聞奇さんは、死者を降ろすことがおできになるということでよろしいんですのね」

「そうだよ。口寄せだもの。ただ、自分の体に降ろして語らせることはできなくてね。あれはよほど霊力が強くないと難しいんだ。体力もひどく使うしね」

「じゃあ、どうやって口寄せをなさるんですの？」

「聞くのさ。呼び出して、傍らにいてもらって、彼らの語るのを聞く。言ってみれば通詞（つうじ）みたようなものだね」

老婆の語るところによると、物心ついたときから彼女の耳の周りには、さまざまな声がまとわりついていたという。姿は見えないのに声だけ聞こえるのを不思議に思って両親に告げるも、誰にもそんな声は聞こえないという。しつこく訴えるうち「この子はどこかおかしいんじゃあないかしら。お医者様に連れていったほうがいいかもしれない」と母親が騒ぎ出したので、以来彼女は声のことを内に秘めた。

聞こえてくるものがどうやら亡くなった人の声らしいと判じられたのは、長じてからだ。その頃には声と会話ができるまでになっていたため、相手の生まれ年や名を聞くことが叶（かな）ったのである。享保（きょうほう）や文化といった元号がちょいちょい出てくる。言葉遣いもやけに古びて、時に意味のとれない語彙（ごい）が混じる。すでに暗渠（あんきょ）になっている河川の美しさを述べる者、今はもうない町の様子を細かに告げる者、中には自分が亡くなったときの無念を延々語る者もあって、彼らの生きた時代を知るには重宝したが、常に辺りが騒がしいので気の休まるときがなかった。

「あたしも年頃で、自分の人生を謳歌したいときだったから、始終死者の声が聞こえるのも鬱陶しくなっちまってね。ご先祖様のお墓にお参りに行くたび、これこれこういうわけで困っております、みなさんには時折お声がけしますから、それまではどうぞお休みくださいますように、ってお祈りしてたんだよ」

その甲斐あってか一年後、ぴたりと声はやみ、はじめての静寂に感激した老婆は、ご先祖様のお墓に御礼参りに行った。そのとき耳元で声を聞いたのだという。

――お前のその力は、きっと多くの者を救うだろう。

「誰の声だか知れないが、なんとなくこれまでかしましかった耳元の声とは違うと感じたんだ。以来、あたしが生まれ持ったこの力を、困った人のために使えないものかと考えてね。亡くなった人と話がしたいという者があれば、惜しみなく手助けをしてきたんだよ」

あたかも天から与えられた使命が自分にはあるのだ、と言わんばかりの誇らしげな口振りが、かえって眉唾らしいように知枝には聞こえた。

「あの……どんな方でも呼び出せるんですか？　例えば、私がお目に掛かったことのない方でも」

それでも一応知枝が訊いたのは、部屋まで上がってなにもせずに帰るのもしのびない、というだけの理由だった。

「お名前と、存命だった頃のだいたいの年代がわかれば、たいがいは呼び出せるよ」

事も無げにそう返されると、ひとつ試してみようか、という邪心も湧く。

和作については、桐子から相応に聞き出していた。生年も、住んでいた地域も、三十八歳という若さで亡くなったことも——。

けれどすべてをつまびらかにしては、老婆の力を試すことはできない。ために知枝は、和作の名と生年だけを告げてみたのだ。どのように相手を特定するのか知れないが、老婆は情報の少なさに動じるふうも見せず、ひとつ頷くと目を閉じて、口の中でごにょごにょとなにやらつぶやきはじめた。大きな窓から射し込んだ西日が部屋を黄金に染め上げていく。天界を思わせるその美しさにうっとり浸っていると、

「この人かねぇ」

と、老婆が不意に目を開けた。誰かと話をするように右に耳を傾けて幾度か頷いたのち、知枝に向いて訊いたのだ。

「ほんぞうがく……とか言ってるよ。そんな言葉があるのかあたしゃ知らないが、やたらとそう言ってるんだが」

知枝の肌が粟立った。とっさに声が出ず、ともかく大きく頷いた。老婆は得々として眉を下げ、

「それで？　なにか訊きたいことがおありかい」

と、知枝に水を向けた。冷やかし半分だっただけに、訊きたいことを考えていなかった上、彼と話ができるとなったらすっかりのぼせて、頭の中からすべての言葉が消え失せてしまった。

「なんでもいいから話してみたらどうだね。向こう岸に渡ったお人だが、心は生きているときのままでいるものだ。普通に人と話すように話しかけたらいい。あまり黙っていると、また向こう側に帰っちまうよ」

老婆に急かされ、知枝は動顚しながらも、

「こんにちは。はじめまして。知枝と申します」

と、お見合いではけっして見せない笑みを浮かべて、懸命に話しかけてみる。

「……あの、ええと、私は、あなたのお写真を拝見したことがあります」

しどろもどろに続けたとき、

「桐子の家でだね」

間髪を容れずに返ってきたから息を呑んだ。老婆は再び瞑目しており、自分の言葉

は仕舞って、聞こえてくる和作の声をただ反復することに徹しているようだった。

「本当に、飛田和作さんでらっしゃるんですのね」

感銘の余り震える声で言った知枝に、老婆はしかと頷いた。

「ああ。俺ぁ飛田和作だ。あんたが誰だか知らねぇが、おおかた桐子の知り合いだろう。俺の写真を見たことがあるってんだからね。俺ぁ生涯で一枚きりしか写真を撮ったことがないのだ。それが桐子の家にあるのは下界を覗いたとき確かめた。しかしあの写真を、俺ぁちっとも気に入ってねぇのだ。勤めていた大学校の同僚が、一時写真機を自分で造っててさ、試しに撮らせてくれってんで承知したんだが、変に優男みてぇに撮れちまって、こんなもんは俺じゃあねぇと、すぐさま猛抗議をしてやったのだ。この写真にゃあ俺の本質が写ってねぇぞ、この、すっとこどっこいっ、ってな」

途方もない早口、しかもひどく伝法な言葉遣いは、それまで夢想していた和作の人となりとはあまりにかけ離れており、知枝は呆然と居すくむ。

「そしたら奴さん、『飛田さんはこんな様子ですよ。ご自分には違うふうに見えているかもしれませんが、うちの研究室の者に見せたら、これぞまさに飛田さんだ、とみんな言ってましたから』なんぞと、いけしゃあしゃあとぬかしやがったのよ。そっから取っ組み合いの喧嘩になったさ。もうそんな写真は見るのも嫌だから、捨てろ捨てろ、と怒鳴ってやったんだが、奴がこっそりとっておいたんだろう。俺が死んだあとに、形見とばかりにかみさんに渡しやがったんだ。俺が生きていたらただじゃおかねぇところだが、手出しできねぇのはなんとも無念だったよ」

知枝はそこで、息継ぐ間も惜しんで語る老婆を、

「ちょっ、ちょっと待ってください」

と、押しとどめた。老婆はひゅっと息を吸い込み、ややあってうっすら両目を開いた。

「あの、今のは本当に和作さんでしょうか。飛田和作さんがお話しなさっている通りに伝えていただいているんでしょうか」

老婆はしばし寝起きのようにぼんやりしていたが、瞳に生気が戻ってくると同時に、

「そうだよ。耳元で語られる言葉を、あたしはそのままあんたに伝えているだけだ。話の辻褄が合わないところがあるかい」

と、老婆の口調に戻って答えた。

「いえ。内容がどうこうというよりも、あの……和作さんはそんな口振りでお話しになるんでしょうか」

「ああ。あたしに聞こえる限りじゃあ、甲高い声で、ひどい早口の上に言葉が荒いね。

まくし立ててくるから、聞き逃さないようにするのが骨だ。今までで一番疲れる口寄せだよ」

老婆はうんざりした様子で、頭を左右に振った。そう告げられたところで知枝にはやはり、信じがたいことだった。空想の中の和作はどちらかと言えば寡黙で、穏やかに話す男性だったのだ。端麗な容姿に、思慮深い人柄、本草学の研究者――だからこそ和作は、知枝の中で理想の人となり得たのである。

「どうする。続けるかね。お戻りいただいても、あたしはかえって助かるようなものなんだが」

老婆にそう言われると、この機会をふいにするのが惜しいように思えて、知枝は逡巡しながらも質問を継いだ。

「ええと、そうしたら……そうね……和作さんが奥様とどういう経緯で一緒になったのか、教えていただこうかしら」

口に出してしまってから、別段それは訊きたいことでもなかったような……といっそうこんがらがった。和作はどんな女性が好みなのだろうと、以前から気になっていたことが、形を歪めた問いとなって転げ出てしまったのだ。他の質問に変えたほうがいいかしら、と知枝が逡巡する間にも、老婆はまた口をうごめかし、ひとつ頷いたと思ったら、再び怒濤のごとく語りはじめたのだった。

「おめぇさんも、ずいぶんつまらねぇことを訊くじゃあねぇか」

返ってきた一声に、知枝はがっくり肩を落とす。

「見合いだ、見合い。決まってんだろう。恋愛だとでも思ったのかえ。見くびってもらっちゃあ困るぜ。この俺が惚れたはれたなんてぇくだらねぇものに刻を割くはずがねぇのだ。そもそも所帯を持つのも、面倒臭ぇばっかりだから嫌だったんだ。ところが親父の古い友人に娘があってさ、親同士の約束でいつの間にか一緒にさせると決められちまっていたから、仕方なく娶ってやったんだ。婚礼の日まで顔も見たこたぁなかった相手だよ。そんな、性分もなにも知れねぇ女と、ある日を境にひとつ屋根の下で暮らしはじめるってんだから、婚姻ってなぁまったく奇妙な仕組みだよ。

ただださ、一緒になってみたら、器量も見られねぇほどじゃあなかったし、それなりに気働きもあったから不満はなかった。俺がほうぼう出歩いて、何ヶ月も家を空けたところで、文句ひとつ言わなかったしなぁ。そういう意味じゃあ、まぁ及第点の女房さ。女ってのはさ、男を好き勝手させてくれてこそ一人前なのだ。それを、帰りが遅いの、給金が少ないの、話を聞いてくれねぇのと文句ばかり言われてちゃあ、そりゃあ他所に女も作るってもんさ。亭主が元気で好きなことをしてる——こんなにありがてぇこたぁねぇってのを、まずは肝に銘じるところからはじめねぇとな。

　俺は本草の研究の傍ら大学校で教鞭を執っていたが、給金なんぞ雀の涙よ。いつでも旅に出られるよう役職には就かなかったせいで、新米の頃から給金が上がらなくてさ。餓鬼ができてからは、けっこう暮らしに詰まってね、かみさんがなんだかよくわからねぇ内職をしたり、嫁入り道具を売ったりしてしのいでいたようだね。かみさんのお袋さんが高ぇ反物で仕立てて持たせてくれたってぇ一張羅を質に流したときはさすがに済まねぇと思ったが、まぁそれも、俺と一緒になったのが運の尽きってやつさ。いや、考えようによっちゃ、むしろかみさんは果報者かもしれねぇよ。俺のおかげでそこらの女房じゃ身につかねぇ生活力、胆力がついたろうからさ。本当は感謝してほしいくれぇのものだね。

　婚姻ってのはなんのための制度か、俺にゃあよくわからなかったが、しかし俺は独り身の頃よりずっと好き勝手できたからね、存外いいもんだとは思ったよ。家のことは任せきりで済むし、なんたって旅費が足りねぇときも簞笥の奥から拝借すれば事足りるんだもの。いやさ、うちのがね、簞笥の奥に仕舞った木箱に、へそくりみてぇのをたんまり蓄えてたんだよ。しかしあの金ぁ、どこから出たものかねぇ。俺は家にはほとんど金を入れてなかったから、あんなにへそくりが貯まるはずもねぇのだが。はて。生きてる時分は不思議に思わなかったが、今になって気になってきた。なんだろうね、あの金ぁ。着物を質に流したときの金を後生大事に仕舞ってたんだろうかねぇ。それにしちゃ、だいぶあったな。俺ぁかなりの額、黙って拝借したもの」

そこまで聞いて、知枝は再び両手を差し出して老婆が語るのを押しとどめた。

「も……もう、結構です、そのあたりで」

あまりにも打ちのめされて、それだけ言うのがやっとだった。老婆は先刻と同じくしばしぼんやりしていたが、正気づいたのちは、ぐったりとして、傍らの柱に身を預けた。

「止めてくれて助かった。こんなに大変なお方ははじめてだ。身勝手に口上をまくし立てるばっかりじゃあないか。家族や知人にこんなのがいたら、耐えがたいだろうね」

小指で耳の穴をほじり、こびりついた言葉の残滓を振り払うように激しくかぶりを振った。

「で、もう口寄せは終いにしていいのかね」

「……ええ、十分です。お手数をおかけしました」

「なんだね、顔色が冴えないねぇ」

「なんだか、こっぴどい失恋をしたような心持ちです」

知枝の答えに老婆が首を傾げたとき、階下から「お義母さん、階上にいらっしゃるんですか」と、若い女の声が聞こえてきた。

「いけない。嫁が帰ってきたよ。悪いがそろそろ帰っておくれでないかえ」

急に挙措を失った老婆に、

「あ、そしたら御代。見料っていえばいいのかしら、お支払いしないと」

とっさに訊いてしまってから、法外な値を告げられたらどうしよう、と背筋が冷えた。相場もわからなければ、手持ちも少ないのだ。冷や汗をかくも、

「あんたはまだ若いし、今日は短かったから」

そう老婆は言い、子供の小遣い程度の額しか求めなかった。安堵して見料を支払うと、「これでこっそり煙草が買える」と老婆はほくそ笑んだ。

「さ、嫁に見つからないうちに、ここを出ておくれ」

腰を上げた老婆は、なぜか出入り口ではなく押し入れの襖を開け、おもむろに床板の一部を外した。手招きされて覗き込んだ知枝の目に、階下まで続く梯子が映る。老婆はいたずらっぽく笑い、

「ここを建てるとき、大工にこっそりお願いして造ってもらったのさ」

そう説くと、そっと知枝の背を押した。

「梯子を下りた左手すぐに開き戸がある。そいつを開けると、真ん前に裏門がある。そこから出ておいき。もし、また口寄せを頼みたくなったら、裏門を通ってこの押入れまで上がっておいで」

老婆の潜め声に無言で頷き、知枝は暗がりへと降りていった。手探りで開き戸の取っ手に手を掛け、忍び足で表に出た。裏門はすぐ目の前にあり、そこをくぐって通りに出て、しばらく行ったところで、ふと老婆の家へと振り返る。電燈のついた二階の窓越しに若い母親と子供たちの姿が見えた。皿を並べる母親に、ひとりの子供が飛びはねながら話しかけている。何の変哲もない家庭の光景を前にすると、つい今しがた老婆と話したことがまやかしのように感じられた。市電に乗る金はもうなかったから家までの道をとぼとぼ歩くうち、本当はすべて嘘っぱちで、老婆にからかわれていただけではなかろうか、とそんな疑念とも希望ともつかぬ思いが湧いてくる。

――私の和作さんは、あんな伝法な人ではないはずなのに。

晩に寝床に入った知枝は、天井の木目を見上げながら、口寄せの言葉を忘れようと努めた。そのたび、「俺と一緒になったのが運の尽きってやつさ」と、せせら笑いにまぜていった彼の口調が甦った。

三

煩悶(はんもん)の挙げ句、久方ぶりに桐子の家を訪ねることにしたのは、この翌月のことだ。

幸い桐子は家でひとり仕事をしており、「あら、いらっしゃい」と、いつものたおやかな笑みで知枝を出迎えて茶の間へと通してくれた。仏壇には相変わらず和作の写真が飾ってあり、大ぶりの花瓶に生けた立派な菖蒲(しょうぶ)の横で、彼はいつも通り爽やかに笑んでいた。

「急にお邪魔してごめんなさい。旦那(だんな)様はお仕事？」

部屋を見回して訊くと、

「ええ仕事よ。でも旦那様ってわけじゃあないわ。ただの同居人」

と、彼女は言って肩をすくめた。

「そうでしたわね。でも、おふたりの形はどうであれ、お相手の方が、大切な人のために一所懸命働いてらっしゃるんだから羨(うらや)ましいようだわ」

すると桐子は「大切な人」と反復し、「そうね。それであれほど懸命に働いているのかもしれない」と、小さく言った。ひどく寂しげなその様子を知枝が不審に思って

いると、

「彼にとっての大切な人は、私じゃないのよ」

と、桐子はまっすぐこちらを見て告げた。

「彼には、事情があって離ればなれになった妹さんがいてね、必ずまた一緒に暮らしたいと願っているの。そのためにお金を貯めているのよ」

「そう。そしたらいずれ、ここに同居なさるのね」

桐子は目を伏せて首を横に振った。

「そのときが来たら、出て行ってしまうんじゃないかしら。私はね、彼にとって穴埋めなの。寂しさの穴埋め。そうしないと生きていけない人だから、助けてあげているだけなの」

知枝はどう応えたものか惑った。寂しさの穴埋めで一緒にいるというのもよくわからなかったし、大切にされているわけではないとなると、桐子の気持ちはどうなるのだろう、と案じたこともある。桐子は、そんな知枝の困惑に気付かぬ様子で、

「でもね、いずれ出て行くならそのほうが清々するように、近頃では思うのよ。結局私は、私のことをまったく想ってくれない人に心を託せるほどお人好しではなかったということなのね」

そう続けたが、「知枝ちゃん相手にこんな話」と顔を赤らめると、

「それで今日はなにか御用があったの？」

慌ただしく話題を変えた。

「そうだ。大事な用事があったんだわ」

知枝は今一度仏壇を睨んでから切り出した。

「あのね、和作さんのことで、伺いたいことがあるんです」

「お爺様のこと？」

案外そうに、桐子もまた仏壇に目を遣る。

「そう。桐子さんのお爺様、話し方がこう、早口というか、伝法というか、そんなふうでらっしゃったのかしら？」

「さぁ、どうかしら。私が生まれる前に亡くなってるから……。でも、どうしてそう思うの？」

「いえ。あの、なんとなく、どんな様子だったのかなぁ、とぼんやり考えるうち、とりとめもなく想像してしまって」

適当に言い繕うと、「知枝ちゃんは空想力が豊かね」と、桐子は小さく笑い、しばし考えるふうをしてから「そういえば」と首を起こした。

「昔、お婆様から聞いたことがあるわ。お爺様は幕臣の子で生粋の江戸弁だったって。いつもひどい早口でまくし立てるから、一緒になった当初はなにを言っているのかさっぱりわからなかったって。お婆様は今で言う華族だったの。だから、ゆっくりきれいな言葉で話して、私、大好きだったのよ」

聞奇の口寄せは本当だったのだ、という落胆が、知枝の総身にのしかかる。

「お婆様は、私が二十歳の頃に亡くなったの。だから昔の話をだいぶたくさん聞いたの。お爺様のことはいいことしか言わなかったから、きっと魅力のある人だったんじゃないかしら。とっても愛してらしたように私には思えたわ」

「えっ。あんなに身勝手な人をですか？」

言ってしまってから、知枝は慌てて口をつぐんだ。桐子は束の間不得要領な顔をしていたが、

「本当に、お婆様はお爺様の話をしているときが一番楽しそうだったのよ」

と付け足した。

「そういえば、お婆様のお写真はないんですのね」

「ええ。そういうの恥ずかしがって嫌がる人だったの。奥ゆかしくて優しい人だったのよ」

なるほど、そのくらいでなければ和作の妻は務まらないかもしれない。けれど、家族を一切顧みず、勝手なことばかり言う男と暮らしていて、相手を愛するような心の余裕が果たして生まれるものだろうか、と知枝は首を傾げる。

「あの、つかぬことを伺いますけれど」

遠慮がちに、桐子を覗き込んだ。

「お婆様のお名前を伺ってもよろしいかしら」

桐子は別段怪しむふうもなく教えてくれた。

「轍。飛田轍よ。変わった名前でしょ。周りにそんな名前の子は誰もいなくて、学生時分は恥ずかしかったって、よく言ってたわ」

知枝はにこやかに頷いてみせつつ、

——これほど変わった名前ならば、きっと呼び出しやすいはずね。

頭の隅でそんな算段をしている。

翌日早速、知枝は頓田町への道を辿った。夢を打ち砕かれるだけだから、もう口寄せをお願いするつもりなどなかったのに、ある興味が芽生えたのだ。

裏門から裏口へと忍び入り、梯子を登っていると、なにやら盗人にでもなった気がした。押し入れの床板をぐいと持ち上げる。物音で気付いたのだろう、そこには聞奇がすでに待ち構えていた。

「存外早いお越しだったね、夢子さん」

口元に歪な皺を寄せて、老婆は笑った。

「夢子？　私、そんな名じゃあありません」

「あたしがつけた渾名だよ。だってあんた、この間の和作って伝法な殿方に懸想してたんだろ」

図星を指されて、知枝は声を呑む。

「写真かなにかを見て惚れたんだろうが、会ったことも話したこともない男に心奪われるなんぞよっぽどおぼこいんだろうと思ってさ。おおかた、勝手に理想のお方と決め込んで、のぼせ上がってたんじゃないのかね。だとしたら相当に夢見がちな娘だと思ったのさ」

なにも言い返せず、しおしおとうなだれる知枝に、

「まぁ若い時分は誰しも半分は夢想の中に生きているものさ」

と、老婆はさっくり話を仕舞い、

「で、今日もまた、和作さんを呼び出すのかね」

と、座布団を勧めつつ訊いてきた。

「いえ。今日は違う方を。飛田轍さんとおっしゃる方とお話ししたいんです。年代はたぶん和作さんと同じくらい。和作さんの奥様です」

「なんだい、ひとりの男を巡って女同士で決着つけようってのかい」

老婆はひとくさりからかったが、それでもすぐに瞑目し、前回と同様、口中でブツブツとつぶやきはじめた。

十分が経った。まだ、聞奇から声は聞かれない。そのまま三十分が過ぎた。今日はだいぶ長く待つ。知枝は痺れてきた足を崩し、小さく溜息をついた。それが聞こえてしまったのだろう、老婆が頭を振りつつ目を開いた。

「済まないね。どうも声が聞こえてこない。まだ亡くなって間もない方かもしれないね。そういう人は、なかなかこっちの呼びかけに気付けないんだ」

聞奇も万能ではないらしい。そもそもすでに亡い人と話すこと自体、奇跡なのだ。無理強いするようなことでもないから今回は諦めよう、と断りを入れかけたとき、

「あっ、来た」

と、唐突に老婆は叫んで目を閉じた。そのまま大きく前後に揺れだしたから、知枝は慌てた。先だってはこんな動きを見せることはなかったのである。後ろに傾いだ老

婆の体が今にも倒れそうで、それを支えようと知枝が腰を浮かせたときだ。揺れがぴたりと収まって、老婆の背筋がすっと伸びた。目を開いた彼女の様子が、明らかに変じている。知枝は、かすかに身を引いた。その人は、緩やかに微笑んで、こちらを見た。

「こんにちは、お嬢さん」

老婆のしゃがれ声とはまるで異なる、清流を思わせる声だった。和作のときは耳を澄ませてなにかを聞き、それをそのまま老婆の声で伝えていたが、今回は姿こそ保っているものの、まるで人が変わったようだ。

「あの、聞奇さん？　いえ……あなた様のお名前は」

「飛田轍と申します。こうして誰かとお話しするのは久しぶりだわ。呼び出してくださってありがとう、夢子さん」

なにが起こっているのだろう、と鳥肌を立てながらも知枝は訊いた。

「私、夢子じゃ……」

言いかけて、轍は先刻の老婆と自分との会話をどこかで聞いていたのだ、と悟る。なかなか現れなかったのは、こちらの人品骨柄(じんぴんこつがら)を見定めていたからかもしれない。知枝は緊張を高め、まずは轍に、出てきてくれた礼を丁重に述べた。

「それで？　私にどんな御用かしら。和作さんのことをお聞きになりたいのでしょう？」

桐子の言った通りだ。ゆったりと落ち着いて柔らかな口調は、和作と好対照だった。それに、よほど頭のいい人なのだろう。話の運びに一切無駄がない。

「ええ。そうなんですの。直接存じ上げているわけでもない方のことで、こうして詮索めいたことをするのは気が引けるのですけれど」

前置きして、知枝はここに至るまでの経緯を一通り語った。とはいえ話はうまくまとまらず、あちらこちらに飛んでしまったのだが、聞奇の体を借りた轍は辛抱強く耳を傾け、ひと言ひと言に丁寧に頷いてくれた。桐子のたおやかさは、きっとこの轍から受け継いだものなのだろう、とどんどんあらぬほうへと走ってしまう自分の話に苛立ちながら、知枝は一方でそんなことを思う。

「つまり夢子さんは、和作さんがどんな人物だったたか、もっとも身近で彼を観察していたであろう私から訊きたい、というわけね」

しどろもどろに話し終えたところで、轍は知枝の話の骨子を手際よくまとめた。なぜまた和作についての夫婦の間柄に首を突っ込むなんぞ悪趣味だと蔑むこともなく、その夫婦の間柄に首を突っ込むなんぞ悪趣味だと蔑むこともなく、「そおねぇ」と懐かしむように目を細めると、彼が在りし日の思い出を淡々と語りはじめたのだった。

親同士が決めたご縁で、祝言の席ではじめて会ったということ。和作ははじめ物静かで紳士的に見えたこと。彼の職業を聞いて、きっと本の話もできる、ふたりの時間も楽しく過ごせそうだ、と大いに期待したこと。

「私も、本を読むのが好きだったのよ」

彼女は少しく照れ臭そうに付け足した。

けれど現実の結婚生活は、輸が夢想し、期待していたものとあまりに隔たっていた。和作は伝法な口調で、まくし立てるように自分の話ばかりする人だった。仕事に夢中なあまり家庭を一切顧みず、「ちょいと出掛けてくるぜ」と言い置いて、ふた月も三月も帰ってこないことが珍しくなかった。行き先すら言わないから、緊急の用事ができたときには逐一勤め先の大学校に問い合わせねばならなかった。たいがいは植物採集のために僻地の山を転々としているので、行き先が判明したところで連絡がとれることもなく、帰ってくるまでひたすら辛抱強く待たねばならなかった。それにしたって、どうして行き先や期間を告げて出掛けないのか、まるで近所に煙草でも買いに行くような身軽さで家族を置き去りにしていくのか、それでなくとも乳呑み児を抱えて往生していた輸はまったく理解に苦しんだ。

「私や子供のことをなんだと思っているのかしら、って、あの当時は毎日のように苛々したり、哀しくなったり」

先だって和作が述懐した通りの行状である。和作には罪の意識は欠片もなさそうだったが、やはり轍にしてみれば許せる話ではなかったのだ。

「でもね、下の子が三つになった頃だったかしら、私が手慰みに書いたものがはじめて少女雑誌に載ったのよ。子供たちが寝たあと、和作さんへの苛立ちを忘れるために書いた少女小説でね。一度雑誌に載ったら、注文がほうぼうから来て、すっかり忙しくなってしまったの」

「え？　轍さんは、少女小説の作家さんでらっしゃったんですか」

飛田轍、と頭の中に字面を浮かべ、知枝はハッと首を起こした。

「もしかして、轍作和さんじゃあございませんの？」

それは未だに根強い人気を誇る小説家だった。『貴子とふたり』『夕暮れの窓』『さようならの結晶』――女学校で級友たちは美しい装丁が施されたそれらの本を後生大事に抱え、主人公の少女たちに自らを重ね合わせては、未だ知らぬ恋に焦がれていたのである。本嫌いの知枝ですら何冊か読んだことがあるほど、彼女の小説は思春期の少女たちと共にあるのだ。

「よくご存じね。轍、という名字が珍しいからかしら。意外な成り行きだったけれど、好きなお話を書ける上、稿料までいただけて、当時は本当に有り難く思っていたの。おかげで和作さんのお給金が少ないときでも十分にやっていけたもの。もっとも和作さんは、私が小説を書いていたことを知らないまま逝ってしまったのだけれど」

驚く知枝に、隠すつもりはなかったのよ、と轍は眉を八の形に下げて言った。ただ、たまに帰ってくる夫の話を聞くほうが楽しくて、すっかり言いそびれてしまったのだ、と。和作は文学には一切興味がなかったし、もちろん少女向けの雑誌を手に取ることもなかった。妻が机に向かってなにやら作業をしていることには気付いていたかもしれないが、よもや小説を書いているとは夢にも思わなかったろうと轍は言う。そういえば和作は、妻が内職をしていた、とは言っていた。そこまでは気付いていたが、それがどんな仕事か、知らなかったのだ。もちろん、彼女が当代一の人気少女小説家だったということも。

「でも、ご自身のことで旦那様にお話しになりたいこともあったでしょう？」

本当は、和作のあの怒濤のしゃべりに割り込めなかっただけではないか、と知枝は案じたのだ。

「もちろん、仕事で起こったさまざまなことを話したいという気持ちもなくはなかったわ。でも、それよりなにより、和作さんの話が面白かったのよ。夢中になって聞いたもの。彼がいない間、私の日常に起こった様々なことをうっかり忘れてしまうくらいに。奥深い山で出会った植物や動物のこと。はじめての土地ですっかり迷ってしまって藪の中で一晩過ごしたこと。江戸弁だったせいかしら、まるで落語で冒険譚を聞いているような名調子だったのよ。それに、花や草木の美しさを、それはもう、うれしそうに話すんだもの。聞いているこちらまで、つくづく幸せになるくらいだった。ああ、この人はこんなにも夢中になれることがある。この世に生まれて、そこまで大切なものに出会えるなんて奇跡だわ、って私、和作さんの話を聞くたびそう思ってたの」

でもそれは轍にとって、和作には妻である自分よりも大切なものがある、という事実を突きつけられる過程でもあったのではないか。昨日の桐子との会話を思いつつ、知枝はそんなことを考えていた。

「あら、腑に落ちないというお顔ね」

轍がこちらを覗き込むような仕草をする。知枝は少しくためらったが、轍ならば正直に伝えても受け止めてくれるだろうと、思い切って口を開いた。

「なんと言えばいいか、結婚はなんのためにするかというと、安定のためだと私は思っているんです。暮らしの安定と心の安定、両方が手に入らないと幸せとは言えないんじゃないか、と。心の安定というのは、旦那さんから大切にされているという実感じゃないのかな、と想像していて。でも和作さんは家をずっと空けてらしたから、轍さんにはあまり心休まることがなかったんじゃあないかしら、と思って」

それに給金も雀の涙では暮らしの安定も手に入らないし、とうっかり付け加えそうになったのを、すんでのところで飲み込んだ。

「確かに、他のご家庭とはずいぶん勝手が違ったわね」

当時を思い出したのか、轍はどこか愉快そうに笑った。

「堅実なお勤めをしている旦那さんだったら、きっと生計は安定したでしょうね。でもね、毎日決まった時間に出掛けていって、決まった時間に帰ってこられても、私にはあんまり楽しく感じられなかったように思うのよ。お友達の中には、帰ってくるたび旦那さんからお勤めの愚痴を聞かされる、って憂鬱そうに言う人もいたし、作った料理に逐一文句をつけられるって人もいたわ。でも和作さんは仕事の愚痴を言うことは一度もなかったし、本草以外にはなんのこだわりもなかったから、その点とても楽だったの。出世にも関心がなかったし、地位もお金も二の次三の次、教授にしてあげるってお話も断って、自由気ままに野山を駆け巡っているような人だったもの。

あんな放蕩三昧の旦那さんで可哀想、って近所の奥さん方からは妙に同情されて、事あるごとに昼食やらお茶やらに誘われたわ。でも私は仕事が忙しかったでしょ、断るのにずいぶん難儀したのよ。夫がこうして家を空けてくれるおかげで、私は存分に創作に打ち込むことができたんだもの。感謝しても、恨むことはなかったわ」

「でもあの……轍さんが暮らしに詰まって大事な着物を質に入れた、って、そんな話を聞いたこともあって」

誰から訊いたかは言わずにおいた。轍も拘泥せず、「あぁ、あれね」と半身を折って笑いはじめた。

「お金に詰まってたわけじゃあないのよ。結婚のときに母が誂えてくれた着物なんだけど、私にはどうも似合わなくてね。使わないものをいつまでも持っているのが苦痛なたちだから、思い切って質に流してしまったの。箪笥の肥やしにしておくよりは誰かに大切に着てもらったほうが母も喜ぶでしょう。ただ、気に入らないから売ったじゃあ申し訳ないから、生計の足しに、って和作さんには言い訳しただけ」

子供のように舌を出した轍を前に、知枝は拍子抜けした。一方で、そうは言っても轍にも夫の気を引きたいときがあったのではないか、と想像する。着物を売ったのも夫を家に留めるための方便かもしれず……。もちろん、それは口にしない。轍の、どこまでも美しく生きた道筋に難癖をつける真似はしたくなかったし、轍の表情――それは聞奇の顔なのだけれど、様子がずいぶん異なって見えた――には、少しの陰りもなかったからだ。

「稿料も入ったから暮らしに困ることもなかった。貯金は別にしておいて、原稿料の一部を私は簞笥の奥に仕舞っていたのよ。このお金は言ってみれば余りのお金。時々目減りしているのは気付いていたけど、なんにも言わなかったの」

和作の言っていた「へそくり」だと知枝は気付く。轍はあえて、見つかるようにお金を置いていたのだ。どこまで懐が深いのだろうと、知枝は呆れを通り越して感心する。

「それに、人はどう思うかしれないけれど、私はそれなりに和作さんから大切にしてもらっていたように感じていたのよ。旅から帰ってする話の中でね、これこれの花はお前が好きな黄色だった、とか、お前なら一輪挿しにして飾りたがったろう、とか、あの山はお前の足では半分も登れないと思うよ、とか、そういうことをたびたび言っていたの。旅先でも私のことを思い出していた証ね。ひとり野山に分け入っている間にも、この人の傍らにはずっと私がいるんだと思ったら無性にうれしくなって。私が夫を心から大切に思えたのは、もしかしたら彼がひとりでいるときの話を聞いたからかもしれない」

「和作さんも轍さんも、それぞれひとりでいるときが豊かだったんですね」

不思議な形もあるものだな、と夫婦というものに知枝は思いを致す。轍はそういう知枝を、笑みを湛えながら見詰めていたが、なにかを察したふうに、そっと頷いた。

「でもね、それだけではなかったの。私が和作さんと一緒になってよかったとしみじみ思ったのは、ふたりでいるとき一度も寂しい思いをしなかったことなのよ。夫婦で毎日一緒に食卓を囲んでいても、同じ部屋で寝ていても、孤独で寂しい思いになる相手もあると思うの。一緒にいるのに寂しいのは、なにより辛いように思うのよ」

知枝はふと、母のことを思った。家のことは過不足なくしているし、父との仲もけっして悪くはない。でも、どこかで寂しさを感じているのではないか。だからああして出来のいい姉と比べては知枝を苛むことに躍起になっているのではなかろうか。たぶんそうやって、溜まった鬱憤を吐き出しているのだ。

「桐子は、一緒に居て寂しい人を選んでしまった。心配だけれど、桐子には支柱になる仕事があるから、きっとうまく乗り越えていくと信じて見守っているの。でもあなたは大丈夫よ。きっといいお嫁さんになれる」

「そうでしょうか……まるで自信がないわ」

そのとき、階下から子供たちの騒ぐ声が聞こえてきた。どこかへ出掛けていたらしい息子家族が、帰ってきたようだった。

「あの、轍さん」

問いかけたとき、聞奇の体がぐらりと傾いだ。そのまま昏倒したものだから、知枝は驚いて老婆の体を抱え起こした。

「轍さん、大丈夫ですかっ。轍さんっ」

耳元で呼びかけると、薄く目が開かれた。口元がうごめき、

「なんだね、轍さんってのは」

と、惚けたような応えが返ってきた。老婆のしゃがれ声が戻っている。

「……もう轍さんじゃないんですね」

肩を落とすと、老婆は知枝の腕を乱暴に払って身を起こし、チッと舌打ちをした。

「たまにあるんだよ。あたしの体を乗っ取って勝手に話す奴が。往生したばかりで呼び出しに気付かないんだろうと思ってたが、あんたが今呼び出したのは、相当なお人だね。徳が高いとこういうことができるんだが、こっちは疲れてしょうがない。迷惑なんだよ」

一通り不平を鳴らしてから、「で？　訊きたいことは訊けたかえ」と、一応知枝を

気遣った。

「なんとなく。ぼんやり答えが見つかったといえばいいかしら」

ふーん、と老婆は、さして関心がないふうに鼻を鳴らした。

「よくわからないが、まぁなんにしても、あんたのケツを持てるのはあんたしかいないからね」

この日の御代は、和作を呼び出したときのちょうど倍だった。呼び出した相手に体を貸すことになってとても疲れたから、と老婆はその理由を告げた。知枝は別段惜しいとも思わず、気持ちよくその額を支払い、礼を言って押し入れから梯子へと足を掛けた。見送る老婆に今一度頭を下げたとき、

「所帯を持つのは苦労も多いけれど、いいものだから」

と、彼女は言った。停留場までの道を辿りながら、最後のひと言はもしかすると轍の声だったのかもしれない、と知枝はうっすら思った。

四

「お見合いはします」

両親揃った夕飯の席で、知枝はようよう父からの催促に応えた。父は他愛なく喜び、母は「どうした気まぐれ？」と、疑わしげにつぶやいた。

「おい。知枝がその気になっているのに、水を差すことはないだろう」

父のたしなめ方は至って軽いものだったのに、母は一瞬心外だといったふうに口を歪め、けれど抗弁はせずに「すみません」と頭を下げた。そういえば、母が父に口答えをしている姿を一遍も見たことはないなと知枝は気付く。

「ただ、今しばらく待ってほしいんです。お見合いの前に、少しでも自分を埋めなければならないから」

父は笑みを浮かべたまま動きを止めた。娘がまた、おかしなことを言い出した、とばかりにその面には落胆が油染みのように滲んでいく。

「きっとお見合いのお相手に期待ばかりしてるから、誰を見ても物足りないのよ。この人は私になにを与えてくれるんだろう、どんなふうに楽しませてくれるんだろう、そんなことばかり思っていれば、誰と一緒になっても不平だらけで終わると思うんです。たとえ夫婦であっても、相手に依存して生きている人を、私は魅力的だと思えないもの。だから、まずは私の中身を埋めていかないといけないんです」

母が珍しく神妙な面持ちでこちらを見ている。父は盛んにこめかみをつついている。

「そんな悠長なことは言ってられんのだ。お前はもう十八なんだぞっ」

「歳だからって、自分がろくろく定まらないうちに所帯を持ったら、それこそお相手に失礼だわ。私だってずっと、『なんでこの人と居るんだろう』と腑に落ちずにいながら生きていくのはしんどいもの」

言うだけ言って、さっさと食事を済ますと、まったく納得がいかない様子の父から逃げるように自室に戻った。文机の前に座って、

「さて、これからが大変だ」

そう、ひとりごちる。

——自分をどんなもので埋めたらいいのか、桐子さんに相談に行こうかしら。それとも今一度、轍さんと話してみるのがいいかしら。

束の間惑ったが、「ううん。ひとりで見付けないと」と思い直した。きっと周りは呆れるだろうし、下手するとこれで婚期を逃すかもしれない。でも知枝には、自らの足で歩いてみようと本気で決められたこと自体、心躍る出来事だった。これまで自分を覆っていた厚い靄が、一気に晴れたようにすら感じられたのだ。

それからも父は見合いを急かしたし、母の態度はいっそう諦念の深いものになった。

「自分を埋めるものを見付けるだなんて、容易じゃないんだよ。まったくあんたはどこまで素頓狂なんだろ。私には到底かなわないよ」

知枝が楽しげにしていると、母は決まってそう言った。以前であれば逐一胸に刺さっていたろう母の言葉は、しかし今の知枝にはいかほどのものでもなかった。道の先には確かに、仄明るい光が灯っている。それは未だ、たやすく消える気配を見せずにいる。

深山町の双六堂

一

お宅はいいわねぇ、いつでも凪いでいて。

近所の女房連はたびたび、そんな言葉で政子の家庭を称える。それはたいがい自分の家でひと波乱あったときで、彼女たちは恨めしげに政子を見詰めてから、夫や子供への憤懣を延々と披露するのだった。

そう、それは大変ね。

至って月並みな相槌しか打てない自分に、政子は不甲斐なさを感じ、同時にささやかな優越感と深い安息を覚える。政子の夫は町の郵便局で働いており、勤務態度は至って真面目、仕事がよほど性に合っているのか、家で愚痴のひとつも漏らさない。性格もおおらかで穏やか、一緒になって七年になるが声を荒らげたことすらなかった。まだ幼いふたりの息子も賢く、聞き分けがよい。姑も、出しゃばらないのに要所要所で気を遣ってくれる優しい人で、政子の家事負担は、おかげでずいぶん軽いものになっている。

お宅は平穏で羨ましいわ。

そう言う女房たちの言葉を打ち消す要素が、実際ひとつもないのだった。うちだっていろいろあって大変なのよ——そんなふうに返せたら、この人たちを慰めることができるのに、と時折歯痒く思うほどだった。

朝は五時に起きる。政子が朝食の支度をする間に、姑が洗濯を済ませてくれるので、六時には家族揃って朝の食卓を囲むことができる。夫と、昨年尋常小学校に上がった上の息子・陽太郎を送り出したあとは、掃除とお風呂場洗い。次男の時次郎のお守りは姑が請け負ってくれるから、作業もはかどる。三人で簡単なお昼を済ませ、時次郎に昼寝をさせるとしばし休憩と相成る。姑は散歩に出掛けるか、隣町の知人の家へ遊びに行く。政子は趣味の編み物をしたり、雑誌を開き見たりして、束の間ひとりの時間を楽しむ。陽太郎が学校から帰ってくるのを待って、夕飯の買い物に出掛ける。子供たちと一緒に行くこともあれば、ふたりを姑に預けて遠くまで足を延ばすこともある。夕飯を作っている間、姑が洗濯物を畳んで片付ける。夫の帰りを待ち、一家揃って食卓を囲む。子供たちを寝かしつけ、姑が自室に引き取ったあとは、夫婦ふたり、四方山話に興じるうちに夜が更けていく。

政子の毎日は判でおしたようにこの繰り返しで、家庭にはかすかな波風すら立たないのだった。

「徳山さんのお子さん、六中に受かったんですって」

その日、漬け物屋の店先で噂話に花を咲かせていた女房連に呼び止められた政子は、耳を疑った。徳山家は町一番の長者だが、このひとり息子のことでは再三煩ってきたはずだ。素行が悪く、学校でも授業妨害や喧嘩は茶飯事、一度教師にまで摑み掛かって大問題になったと聞いている。それなのに、秀才の集う六中に入ったという。なにかの間違いでは、という声を飲み込んで、

「それはすごいわねぇ」

政子が応えると、漬け物屋の女店主である郷田は、肥った身体を盛大に揺すって笑った。

「あんたも信じられないって顔してるね。あたしもすっかり騙されたよ。えらい悪童だって話しか、徳山の奥さんには聞いてなかったんだから。だけど素行は悪くとも、成績だけは飛び抜けてよかったんだって。いわゆる天才ってやつよ。頭が良すぎて、

突拍子もない行いをするのかもしれないねぇ」

郷田は五十をいくつか過ぎた齢だが、早くに夫を亡くし、息子たちはもう巣立っている。今は手伝いの男衆ふたりを雇い、店を切り盛りしていた。

「末は官員様かね」

「学者先生になるかもしれないよ」

「いずれにせよ、この町一番の名士になることは間違いなかろうよ」

我がことのようにはしゃぎ続ける女房たちの群をそっと離れ、家に戻った政子は、昼寝をしている時次郎の傍らに座り込んだ。南の窓から射し込む陽を浴びて、彼はすやすやと心地よさげな寝息を立てている。三つになったばかりの時次郎からは、まだ甘い乳の香りが立っており、政子は顔を近づけて息子の寝息を嗅ぐことを大事な安らぎとしていた。

――ほんとにいい子。

息子の寝顔を見下ろして、しみじみ思う。陽太郎も、学校に上がってから問題のひとつも起こさずにいる。おとなしい子だから、きっと教師たちの受けもいいだろう。ただ、息子の成績は、学級の中でちょうど真ん中、成績表も甲乙丙の乙が大半を占めている。

政子の胸にこのときはじめて、どこか釈然としない思いが灯った。

夫が珍しく、勤め先の同僚を家に連れてきたのは立春過ぎで、

「送別の宴だ。悪いが一本つけてくれ」

彼は政子に猪口をあおる仕草をしてみせた。聞けば島岡というこの同僚は、近々他の支局に移ることが決まったという。夫は下戸で、家で晩酌はしない。政子は急いで酒屋に走り、簡単なつまみをこさえた。

「お前はいい奥さんをもらったな。どれも美味いよ」

料理を頬張りながら、島岡は追従を口にした。同い年で同期だというが、細身の夫に比して、恰幅のいい島岡はだいぶ老けて見えた。夫はけっして美男ではないが、姿勢がよく動きも機敏なせいか、四十という齢よりずっと若く見える。

「それに比べてうちの家内なんざ、魚を焼くのがせいぜいさ。それで料理をした気になってるんだから嫌になるよ」

比べられて褒められるのは、悪い気がしない。政子はかいがいしく島岡に酌をする。

「仕方ないさ。君の奥方はお忙しいんだから」

夫は島岡をいなすと、政子に向き直った。

「こいつの細君はね、著名な画家なんだよ。個展を何度も開いているし、本の挿絵だって手掛けているんだ」

「そんなたいそうなものじゃあないよ」

すかさず島岡が謙遜(けんそん)する。

「いやぁ、手に職があって、しかも世間様に認められているんだから偉いものさ」

「そこはまぁ、そうかもしれんな。家事はいい加減だが、なんだかんだ言って俺は、あいつが好きなことをしていてくれれば、それで幸せなんだ。女房が生き生きしてると、こっちまで楽しくなるからね」

「なんだ、のろけか？」

「違うよ。俺には手に負えない女だって話さ」

磊落(らいらく)に笑うふたりの傍らにいて、政子は飯台の上で冷めていく料理にうっそりと目を落とした。

「君だって立派じゃないか。奥方に負けちゃいない。上山支局の局長に栄転するんだから」

夫が言ったから、政子は慌(あわ)てて顔を上げ、精一杯の笑みをこさえる。

「まぁ、ご栄転。ご出世ですのね」

いや、まぁ、と頭を掻く島岡に代わって夫が、

「そうだよ。こいつは同期の中で一番の出世頭でね、他の役職を飛び越えて、いきなり局長を任されたんだ。たいしたもんだよ。俺なんか今の支局じゃ局長の次に古株だが、万年ヒラさ」

卑下というより、むしろ誇らしげに言ったのだ。政子は、みぞおちの辺りに鈍い痛みが走るのを感じながら、懸命に愛想笑いを保ち続ける。

「出世すればいいってものじゃあないさ。今度行く局には、俺より年上の部下が三人もいる。そいつらにどう接すればいいか……難しいよ。その点お前は羨ましいさ。安定した人生でさ」

「安定か。まぁ平穏ではあるかもしれないな」

「それが一番だよ。平坦な道を行くのが人間なによりだ。波風立たず、山もなければ谷もない。人生、そんなにありがたいことはないぜ」

島岡は、慰めでも皮肉でもなく、心底羨ましそうに言うのだった。

姑が子供たちを風呂に入れるのを潮に島岡は腰を上げ、

「今夜は楽しかった。今度はうちにも遊びにこいよ」

と、夫の肩を軽く叩いた。

「もっとも、ろくなもてなしはできないし、あちこち画材やら用紙やらが散らかっていて落ち着かない家だが、話の種は尽きない女だよ、うちの細君は」

「画家なんてなかなか会えないからな。今度、遠慮なくお邪魔するよ」

玄関口まで客人を送り出した夫の背を見ながら、政子は不可解な焦燥に取り憑かれていた。

平穏。平坦。

それはけっして悪いことではなく、島岡の言う通り、むしろありがたいものであるはずだ。それなのに自分の居る場所が、急速に色褪せていくように感じられた。もしかすると私は、とんでもなくつまらないところに落とし込まれているのではないか。なんの抑揚もなく、すべてが中くらいで、他所様から一目置かれる個性もない家庭に――。

ふと、幼い頃に実家の母から言われたことが頭をよぎった。

――つましく、穏やかに生きていくのが幸せなんだよ。普通が一番ありがたいことなんだよ。

政子自身もまた、息子たちに同じことを願っている。特別でなくともいい、健康で、常識があって、人並みの大人に育ってくれれば十分だ、と。

風呂から上がった陽太郎と時次郎が、台所で片付けものをしている政子の足にまとわりついてきた。「お母さんの邪魔しちゃいけないよ」と夫が笑いながら子供たちをたしなめ、姑が、「湯冷めするから早く寝なさい」と子守歌でも歌うように柔らかな声で子供たちを寝床へ連れて行く。「すみません、お義母さん」と言うことは言ったが、政子は洗い物から顔を上げない。すべての食器を片付けたあと、流しをタワシでゴシゴシこすっていると、背筋がうそ寒くなった。

――平穏ではなく、平凡なのだ。恐ろしいほどの平凡に、私は組み敷かれているのだ。

「おい。お茶を淹れてくれるか」

茶の間で夫の声が立った。政子はとっさに、聞こえない振りをした。嫁してはじめて、夫の言葉に応えなかったのだ。

二

庭の片隅に、舅が生前使っていた小さな茶室がある。茶室と言い条、掘っ立て小屋にかろうじて三畳の畳が敷かれているだけの粗末な造りである。今は物置と化しているその茶室を片付け、政子は実家から持ってきた文机を据えた。

「少し勉強したいことがあって」

急に茶室を使いはじめた政子を訝る姑に投げた言い訳は、なまじ嘘ではない。政子はここで、近所の家庭を細かに評した考課表を作ってみることにしたのだ。

表の横一列には、付き合いのあるご近所の名字二十軒分をしたためた。縦一列には各家の家族構成に加え、夫の職業、夫婦仲、嫁と舅姑の相性、子供の出来、収入の多寡、資産、病歴と、あまたの項目を書き連ねた。そうして政子はその一項目ずつに、学校の通知表よろしく「甲」「乙」「丙」「丁」と成績を書き入れていったのだ。評価は、噂話や当人から聞いた内容をもとに決めていった。基準値は政子自身の家庭に定めて、乙と丙の間に置くこととした。自分の居場所が本当に普通で平凡なのか、隣近所とじっくり比べることで確かめようと考えたのだ。

「徳山さんは息子さんが六中に合格したから『子供の出来』は甲、お宅も立派な旧家だから『資産』も甲、旦那様は確かお医者様だから『夫の職業』も甲。郷田さんの家は、旦那さんに先立たれているから、そこは丁。お舅さんは町内会長もしている面倒見のいい人で、郷田さんとの関係もいいから『嫁と舅姑の相性』は甲、商いはまぁまぁ繁盛しているようだから『収入の多寡』は乙」

とはいえ政子は、個々の家庭事情に深く踏み込んでいるわけではない。どの家にも、外から眺めただけではわからない薄暗い影や懊悩、確執がまぎれ込んでいるはずだと想像してみるが、それがどの程度評価に傷をつけるものか、これまでかすかな影すら落ちたことのない家庭に居続けた政子にはうまく摑めない。

近所には、慶事もあれば時に災いも起こる。どこそこのお姑さんが亡くなった、客の入りが悪くて店を畳むことにした、大事な一人娘がどこの馬の骨とも知れぬ男と駆け落ちした――。

それに対して容易に「丁」を与えられないのは、災いに見舞われた女たちがそこから這い上がろうと新たに暮らしを立て直していく様はどこか劇的で、まばゆいような逞しさをはらんでいるように見えるからだった。

自分には訪れることのないだろうそんな機会を、政子は羨ましく眺める。茶室に籠もるようになって半年が経っても、一家は凪いだままだった。運動会の徒競走で、陽太郎が五人中三等になったとき、だから政子はついひとりごちたのだ。

「時次郎はせめて、なにか秀でたものを持っていてくれればいいんだけど」

それを聞き咎めた姑が幾分厳しい声で返した。

「なにを言うんだい。普通が一番なんだよ」

母と同じだ。世の女たちはこうやって、子供をつまらない鋳型に押し込んでしまうのだ。

——あんたの名前はね、北条政子から来ているんだよ。

政子の結婚が決まったあとで、母ははじめて打ち明けたのだ。

——お父さんが、そこから名をとると言って譲らなくてね。男にも先んじるような、そんな凛々しい女に育ってほしいと願っていたんだね。

父は、政子が嫁ぐ二年前に亡くなった。生前、政子に名の由来を語らなかったのは、「男に先んじるような生き方は、女を不幸にする」と母が留め立てしたかららしい。

「普通って、どういうことでしょう」

政子は姑に振り向いて、訊いた。学校の運動場で、唐突に禅問答のような問いかけを放ってきた嫁を、姑は不思議そうに見詰めた。

「どう、って……。改めて訊かれると、あれだねぇ」

しばし口をもごつかせたあと、

「まぁ、うちみたようなことを言うんじゃないのかねぇ」

姑は穏やかに微笑んで、再び子供たちの競技に目を移した。

以来政子はいっそう熱心に近所の噂話をかき集めるようになった。それだけでは飽き足らず、暇を見つけては昔の級友や幼なじみを訪ねて、考課表の標本を増やしていった。時折、夫や子供の愚痴をここぞとばかりに吐き出す女に出会うと、前のめりでその話を聞いた。家に戻って茶室に籠もるや、政子は嬉々として「丁」の一字を書き入れた。惑わず評することができたとき、彼女はいつも喉のつかえがとれたような心地になる。もっと丁を増やさねば。うちは平凡ではない。標準より秀でていると証さなければ。政子は目を血走らせ、くまなく街中を巡る。

「このところ、やけに勉強熱心らしいね」

勤めから帰って浴衣に着替えながら、夫は政子に言った。

「勉強というほどのことじゃあないわ。本を読んでいるだけよ」

ぞんざいに返すと、案の定夫は「ほう。それはいい」と言っただけで、どんな本を読んでいるのか、なぜ急に読書をはじめたのか、重ねて問うことはしなかった。

三

漬け物屋の郷田がひょっこり訪ねてきたのは、八月も半ばのことだった。町内会の回覧板を届けに来たものの、玄関で呼んでも誰も出てこない。そこで庭に回ってみて、窓を開け放った茶室で一心に筆を動かしている政子を見付けて声を掛けたということだった。姑は折悪しく、時次郎を連れて散歩に出ていたのだ。

とっさのことで、畳の上に散らばった考課表を隠す暇はなかった。慌てる政子を尻目に、郷田は俊敏な動作で窓から手を伸ばし、畳に落ちていた一枚を拾い上げた。

「あ、それは……」

口ごもる政子を、

「へえ。あんたも他所の家が気になるんだね。てっきり他所様なんぞお構いなしで、安穏と暮らしているもんだと思っていたけど」

郷田は意外そうな面持ちで見遣る。幸い、郷田家の評価は机の小抽斗に仕舞ってあり、政子はかろうじて命拾いをした。

「他所の家に点数つけて、楽しんでたのかい？」

郷田の声はまろやかだったが、多分に呆れを含んでいるように感じた。

「い、いいえ。そんなつもりじゃ……。あの……うちが平穏だとみなさんあまりにおっしゃるので、実際どうなのか、普通よりいいのか悪いのか、気になってしまって」

郷田はみなまで聞かず、再び紙面に目を落とす。悪趣味だ、と罵られるのを覚悟した。が、案に相違して彼女は、その肥り肉をゆすって勝手に茶室に上がり込むと、文

机に広げていた考課表をさらうようにして見はじめた。やがて、

「この家の夫婦仲は乙じゃあなく、丙だね。この家は今、食い詰めているから丁だよ」

と、ひとつひとつ政子の評価を覆していったのだ。店を営んでいる上に、舅が町内会を仕切っているせいで、郷田は他家の事情に通じている。

「でも……私の見立てでは、この家の夫婦仲はさほど悪くなかったんです。奥さんからじかに伺ったから間違いありません。この家だって、商店街でたくさん買い込んでらっしゃるのを見ますもの」

すると郷田は、「別にあんたが間違ってるとは言ってないよ」と、肩をすくめた。

「ただね、家庭ってのはいつでも同じありさまじゃあないんだ。浮いたり沈んだり、前へ進んだり、後ろに下がったりしながら、続いていくものなんだ。双六みたようにね」

「双六……」

「そう。あっちの家が勝ってると思ったら、いつの間にかこっちの家が上に立っている——そんなことは当たり前にあるだろう」

とんとんとん、と駒を動かす仕草をしながら郷田は語る。それを聞くうち勝手に笑

いがせり上がってきて、政子は小さく噴き出した。

「なんだね。可笑しいかい」

「いえ。近所の奥さん方が、双六の升目の上を行ったり来たりしている様子を思い浮かべたら、急に滑稽に思えてきて」

しかも上だ下だと競っているのは、極めてささやかなことなのだ。

「あんたも人が悪いね。こんな表を作ったのはあんたじゃないか」

郷田もまた、喉の肉を揺らして笑った。

「自分の家がどの辺りか計るには、まぁいい手段かもしれないが」

「ええ。でもなんだか、今、郷田さんとお話ししていたら、中くらいでいいような気がしてきましたの。上に立っても、下にいても、大差ないでしょう」

「まぁ、あんたの家は、いつも凪いでいるからね。あたしくらいの歳になるとね、そういうのが一番だってしみじみ思うよ。上を見りゃあキリがないが、災いがあればそれはそれは気が滅入るもんだ。なにもないに越したことはない。それで文句があっちゃあ罰が当たるってものさ」

彼女の言葉に、胸のつかえが一遍に下りた気がした。ぜんたい今まで、なにを悩んでいたのだろうとすら思った。私は別段、特別を望んで生きてきたわけではない。つつがなく穏やかな日々を昔から願っていたのだ。

すっかり道草くっちまったよ、と肩をすくめた郷田を送り出してから、政子は茶室中に広がる紙をまとめた。なるべく早くこれを片付けて、また以前のような暮らしに戻ろう——晴れやかな心持ちでそう決めて、夕飯の買い物に出るために庭に降りた。

翌日早々、政子は茶室の片付けにかかった。この日の昼過ぎ、姑は隣町の友達を訪ねると言って出掛けてしまい、そのせいで落ち着かないのか、なかなか昼寝をしてくれない時次郎をようやく寝かしつけて茶室に入った頃には、もう三時近くになっていた。早く片付けて、夕飯の買い物に行かなければ、と気忙(きぜわ)しく紙を束ねはじめたところで、

「あの、すみません」

生け垣の向こうから声が掛かったのだ。窓から顔を出すと、四十がらみの女が日傘を差して立っている。

「双六堂というのは、こちらですか?」

訊かれて政子は眉根(まゆね)を寄せた。

「……いいえ。ここはお店じゃありませんよ。ここらは住宅しかございませんから、

お店でしたら商店街のほうじゃないかしら」

「そんなはずないわ。私、商店街の漬け物屋さんに聞いて、こちらに参りましたのよ。深山町（みやまち）で庭に茶室のある家が双六堂だ、って」

「郷田さんが？」

　嫌な予感がした。あの郷田が、町内のどの家にも首を突っ込んでは噂を流すことを生きがいとしているあの郷田が、昨日のことを黙っているはずもなかったのだ。双六堂なぞと珍妙な屋号までつけて、面白おかしく言い触らしでもしたのだろう。心臓が早鐘を打つ。考課表のことを知られたら、私はこの町で生きてはいけない――。

「あの、ご安心くださいまし。漬け物屋さんには、他の誰にも言うなと固く口止めされた上で参りました。ですから、私がこちらに伺ったことも、内緒にしてくださいまし」

　女が深々と頭を下げたものだから、政子はまた眉をひそめた。

「郷田さん、誰彼構わず話しているわけじゃあないんですか？」

「ええ。私がよく家族のことを相談しておりますもので、昨日の夕方、お店に寄ったときにそっと耳打ちしてくださったんです。こちらに伺えば、他の家の様子を知ることができる、あんたの家がどの程度かがわかるよ、って」

順々に聞いていくと、女は綾野といって隣の市に住んでいるらしい。うちの主人があそこの漬け物が大好きで、二週に一度はわざわざ買いにくるんです、と気恥ずかしげに語る様は品があって、下世話な興味でここを訪ねたわけではないことは容易に見て取れた。綾野の家は、舅と姑、夫に一人娘という構成で、彼女曰く「どこにでもあるような家」らしい。夫は証券を扱う会社の勤め人、給金も一家五人が不自由なく暮らしていくに十分だ。高等女学校に上がった娘は家の手伝いをよくするいい子だし、姑が少々口うるさいことを除けば、家には目立った波風が立ったことはないという。

――うちと似ている。

政子は胸の奥で思いながら、問うた。

「ご家庭に不満はないのに、お悩みがございますの？」

綾野はやはり少女のようにはにかみながら、打ち明けた。

「この穏やかさが本当のものなのか、ただ私がぼんやりしていて、こんなものでいいと低いところで満足しているだけか、わからなくなりまして」

きっかけは、数年前に姉が訪ねてきたことだった。綾野とは、幼い頃から性格も考え方も行動力もまるで異なる姉である。姉自身も多趣味で、彼女も所帯を持っており、夫は官員、ひとり息子は大学まで進んだ。姉自身も多趣味で、常に忙しく立ち働いている。子育てに趣味に家のこと、万事そつなくこなす姉を、綾野はある種の尊敬の念をもって眺めていた。だから、その姉に言われたなにげないひと言に、ひどく傷ついたのだ。

「なんて、言われたんです？」

訊くと、綾野は下唇を嚙み、それから重い口を開いた。

「あなたの家庭はなにもないね、と」

そのひと言は、昨日郷田と話したことで癒えかけていた政子の傷を、再び深くえぐることになった。

「そんなっ。なにもないってことはないでしょうっ」

自分のことのようにムキになった政子に、綾野は動揺を滲ませながらも、

「でも、姉から見たらそうなんだろうと思うんです」

と、うなだれた。

「姉は日々、趣味の会でさまざまな出会いがあるようで、家の中のことよりも外の世界の話が多くて、しかも楽しい逸話ばかりなんです。家族の世話に終始している私とは、まるで違う毎日です。そんな姉を、義兄はとても尊敬しています。この間なんて、『僕の趣味は、妻を観察することですよ』と言っていたくらいで」

ひと息に話すと、綾野はいっそう小さく肩を折り畳むようにした。

「私も、夫から大事にされていないわけではないと思うんです。でも、けっして尊敬はされていません。それに、私には外の世界がない。姉が、なにもない、というのがわかる気がするんです」

妻の座に自分とは違う女が座っていたとしても、一家の暮らしはまったく遜色なく回っていくのではないか、と彼女は苦しげに、胸に巣くった懐疑を打ち明けた。家庭になにもない、のではなく、自分になにもないから、家族まで無味乾燥に見えるのではないか、と。

「それで、他のお宅がどんな様子か、ずっと興味があったんです。郷田さんはいろんなおうちのことをよく知ってますでしょう。主人があそこの漬け物が好きだということもあるんですが、噂話を聞きたくて私はあの店に通っていたようなもので……。お恥ずかしい話ですが」

「私も、恥ずかしながら、他の家に比べて自分の家がいいのか悪いのか知りたくて、こんな表を作ったのです。でも、家庭の様は折々に変わりますし、ここに書いた評価は簡易なもので、自信をもって正しいと言えるものでもございませんの」

固く居すくむ政子に、それでもいいから見たいのだ、と綾野は強引に詰め寄った。他の家の様子を知って、少しでも心を落ち着かせたい、と切願した。

彼女の懸命さが他人事とは思えず、政子はやむなく綾野を茶室に上げた。隣の市に住まっているのであれば、この表に書かれた家族を見知っていることもないだろう。けれど用心に越したことはないと政子は名前の部分を隠し、代わりに「い」「ろ」「は」「に」「ほ」「へ」「と」と、符牒を振ったものを広げて見せた。

綾野は食い入るように、家々の在りようを凝視していた。時折、「ここはどうして丙ですの？」「丁ということはよほど悪いんですの？」なぞと、具体的な説明を求めた。彼女は、丙や丁にばかり目を向ける。その記号を裏付ける状況を政子に聞いては、ほのかに頰を上気させる。はじめは品良く見えていた綾野の顔が、次第次第に遣手婆かなにかのように醜く変じていくのを政子は見守るしかなかった。

「どのお宅も、いろいろあるんですのね」

胸を撫で下ろして言った綾野に、

「ええ。どこも大変だと思います。ただ、こうして表を作っていますと、山があったり谷があったりしたほうが家族として成熟するような気も致しますの。さまざまな波乱を乗り越えることで、家族の結びつきが強まるということもございますでしょう」

政子が本音を漏らす。すると綾野の顔が、あからさまに歪んでいった。彼女の家もきっと、哀しいほどに凪なのだ。

「でしたら、この調査をこれからもお続けになってくださいな。ここに書かれたご家族、例えば夫婦仲が丙や丁と評された方々が、どんな運命を辿られるのか、私、拝見したいわ」

「そんな……。それには何年もかかります」

「でも、各家の駒の進みを見るための双六堂さんなのでしょう？　私以外にも興味を持たれる方はいらっしゃると思うの。見料をとってもいいくらいの価値はあるわ」

「私はこれで商いをするつもりでは……」

「よろしいじゃないの。人助けだと思ってなさればいいわ。私、これからも時々こちらに寄らせていただきますから」

一方的に宣言して綾野が去ったあと、政子はどんよりとうなだれた。楚々とした見た目に反して、ひどく強引な女だった。あの分だと、きっと近いうちに押しかけてくるに違いない。

重い足取りで母屋に戻る。と、すでに姑が帰っており、夕飯の支度をはじめていた。

時次郎は起きて、座敷でひとり遊んでいる。

「すみません、もうこんな時間。私うっかりして」

政子は慌てて前掛けを締める。「いつもの時間」が狂ってしまった。

「お客様だったんだろ。いいんだよ、手が空いたほうがすれば」
姑は咎めもしなければ、皮肉のひとつも言わない。代わりに、どういうお客さんだったの？とも訊かない。詮索めいたことはよそう、と遠慮しているわけではないことを政子は知っている。自分の嫁にどんな客人が来ようが、姑にはどうでもいいことなのだ。

誰が噂を広めたものか、それから時折、政子のもとに遠方から女が通ってくるようになった。

「双六堂さんは、ここ？」

たいがいは生け垣から覗き込まれ、政子が困じて口ごもるのを答えと受け取って、女たちはずかずかと茶室に上がり込んでくる。いずれも一見おとなしげな婦人ばかりで、その強引さは生来の厚かましさによるものではなく、切羽詰まった心情の表れなのだろうと察せられた。

考課表のどこに目をつけるかは、人によって異なる。綾野のように丙丁を躍起になって探す者もあれば、甲にのみ目を向け、「うちはやっぱりダメなんだわ」と嘆く者もある。評価の理由を逐一聞いては、「その程度で甲なの？」「だとしたら、この乙は少し甘すぎるわね」と居丈高に政子の審判を非難する者まであった。

考課表の信憑性を疑われるのも不愉快で、政子はいっそう注意深く、近所の家々に目を凝らすようになる。時には郷田から情報を仕入れ、今ひとつ家庭事情が不透明な家の奥さんとなるべく懇意にしては悩みや屈託を聞き出すことに腐心した。

――私はいったい、なにをしているのだろう。

ふと馬鹿らしくなることもあったが、政子はその役目を降りることができなかった。女たちが引きも切らずに訪ねてくるようになったからだ。

「まさかこんなに盛況になるとはねぇ。あたしは冗談で双六堂なんて勝手な名前をつけて、綾野さんに教えただけなんだけど。てっきりあんたからお叱りを受けると覚悟してたら、こうまで評判をとっちまうんだから」

郷田はあくまで他人事で、この件に関わろうとはしなかった。

季節が一巡りする頃には、政子の「仕事」は、手製の双六盤に「い」「ろ」「は」「に」と仮名の書かれた駒を置いて、各家庭のありようをわかりやすく説くまでになっていた。

夫婦仲、子供の出来、義理の両親との関係、経済状態、夫の出世、家事の出来……

と細かく分類した考課表に甲乙丙丁の評価を書き込むのは相変わらずだったが、全評価を総合した家庭の出来を、駒を進めることで示していくようになったのだ。ひと月ごとに更新されていく優劣を、綾野をはじめ、常連の女たちは飽かずに見にくる。もちろん、彼女たちの家庭の駒は置かない。いくつもの標本を眺めては、「うちのほうが子供のことは先んじている」「うちは夫婦仲をもう少し頑張らないと」と、自分なりの基準で判じて、家路につくのだった。

訪れる女たちは、総じて政子に深い謝意を示した。

「あなたのおかげで、我が家を見直すことができるのよ。ありがとう」

誰かに感謝されるのは、政子にとって生まれてはじめてのことだった。それは、彼女を昂揚させ、同時にこれまで奥底に眠っていたらしい憤懣を揺り起こすことになった。

――私は、家族のために尽くしてきたのに、一度として感謝されたことがない。

姑も夫も子供たちも、政子を厭うたり邪魔にすることはなかったが、家事労働に感謝を示しもしなかった。料理も洗濯も買い物も子育てもしっかりこなしてきたのに、「ありがとう」のひと言すら掛けてもらえないのだ。

そんな不満をかこっていたさなかだった。仕事から帰った夫に言われた。

「このところ、家の中が散らかっているようだね」

双六堂の仕事が忙しくなった分、家事はおのずとおろそかになり、気付かぬうちに障子の桟や敷居に埃が溜まっていたらしい。子供たちは、母親不在で落ち着かないのか、駄々をこねたりわがままを言うようになっていた。政子はそういう子供たちを「聞き分けがない」と叱りつけた。それを姑に、「きつく言っちゃかわいそうだよ」と、たしなめられた。

政子は夫の背広を受け取りながら、すみません、と口だけで詫びる。

「いや、謝るようなことでもないさ。少し気になったんで言っただけだ。掃除なんて誰がやっても同じなんだから、君が忙しければ、母さんにでも、たまには子供たちにやらせてみてもいいかもしれないよ」

政子の総身がこわばった。

――誰がやっても同じ？

繰り返そうとしたが、言葉は喉の奥に張り付いて、声にならない。

「君じゃなければならないってことは、なにもないんだ。小言みたいに聞こえたら悪かったね。気にしないでくれよ」

夫はあくまで人のいい笑顔で、詫びた。そうやって妻の機嫌を取りながらも、このところ妻がとみに忙しそうである理由を、彼は問うことすらしなかった。

四

ここのことは他の誰にも言わないでください――。

訪れる客に、政子は必ず厳しい顔で告げてきた。客はたいがい遠方から来ていたし、誰かと連れだって来る者もなかったから、双六堂の存在が近所に知られることはまずないだろうと、ずっと高を括って(くく)いたのだ。

けれど、住宅街での頻繁な客の出入りはどうしてもひと目につくのだろう。

「お宅、なにかご商売をはじめられたようね」

近頃では近所の女房連と道で行き合うと、必ず訊かれるようになった。政子は漬物屋を訪い(おとな)、改めて郷田に口止めする。

「あたしはひと言も漏らしてないよ。最初、綾野さんに言っただけ。ただささ、あんたんとこ、急に人の出入りが激しくなったから、近所で噂になってはいるようだよ」

お茶かお花でも教えているのだろう、と当初女たちはさほど気にしていなかったらしい。が、政子の客のひとりが「この辺で双六堂という店があると聞いたのですが、どちらかご存じないですか」と近くで尋ねたことが、女房たちの勘繰りに火をつけた。近所のことであれば野良犬一匹通るのも見逃さない女たちは、斥候よろしく政子の身辺を嗅ぎ回り、結果、双六堂で開示されている考課表の正体を知るに至ったのだ。

「あんたの作っている双六とやらを見せておくれ」

徒党を組んで女房たちが押しかけてくるまでに、そう時間はかからなかった。

母屋で出迎えた姑は女たちの剣幕に肝を潰し、真っ青な顔で茶室にいる政子を呼びにきた。反して政子は落ち着き払って母屋に出向いたのである。

「ご覧になってどうなさるんです」

一同を前に、なるたけ悠然と訊くと、

「決まってるだろ。うちのことが評してあるようなら、そいつを破り捨てるんだ」

商店街近くの長屋に住む女が吠えた。仲のいい六人家族だったが、ひと月ほど前に旦那が急に蒸発した。莫大な借金を抱えていたとかで、一家は今、きゅうきゅうの暮らしを強いられている。

女たちは口々に罵声を浴びせてくる。女というのはこうして共通の敵ができると、見事に団結し、恐ろしく強気になるものらしい。平素夫の暴言に口答えひとつできずにいる女も、姑のいびりに毎日泣かされている女も、「あたしたちの家に甲乙つけるなんざ、あんた、何様なんだっ」と、おぞましい形相で凄んでくるのだ。

政子は女たちの口汚い追及をやり過ごし、みなを茶室に誘った。母屋の窓からは、姑が案じ顔を覗かせている。

「さぁ、どうぞ。みなさん、おあがりくださいな」

政子は堂々と、女たちを導き入れた。彼女らは下駄を揃える間も惜しいと言わんばかりの勢いで上がり込み、畳の上に置かれた双六と、壁に貼ってある考課表に目を凝らした。

「これが、あたしたちの家を評したものかいっ。ふざけないでおくれよっ」

先頭にいた女が、唾を飛ばす。

「いいえ。それは誤解です。これは、こちらにご相談に来られるお宅の様子を記したものですよ」

こうなることを想見して、あらかじめ支度しておいた回答をゆっくりと告げると、女たちはようよう口をつぐんだ。

「ここをお訪ねになるみなさんは、ご自身のご家庭の悩みを語られます。私は、ご相談に対してたいそうな答えをお伝えすることもできないのですが、ただお話しするだけで気が楽になることもございましょう。ですから、はじめは悩みを聞いて差し上げるだけだったのですが、そのうち、今のご家庭のご様子を表にしていったらいいんじゃないかと思いつきまして」

嘘八百を並べながら、政子は壁の考課表に目を遣った。

「家庭生活というのは、いいときばかりじゃございませんでしょう。お辛い時期、困難な時期もございます。ですから、夫婦仲やお子さんの様子を伺っては、こうしてひと月ごとに評を書き込んでいるんです。そうすれば、家族の記録にもなる。次なる課題も、穏やかな暮らしを営む上での指針も見つかります。自分のご家庭のことは客観的に見ることはできませんから、こうして私が、ご家族の流れを見ながら評させていただいているんです」

考課表は、ここにいる女房たちの家庭を表している。もちろん、そんなことは口が裂けても言うつもりはない。

「この、い、ろ、は、に、ほ、へ、と……ってのは、なんだね」

ひとりが問うと、未だ懐疑が消えぬらしい女房たちは、再び険しい目を政子に向けた。束の間怯むも、息を整えて再び説いた。

「ご相談にいらした方たちの符牒です。他の方もご覧になるので、個人のお名前を明かすわけには参りませんから」

淡々と答える政子に、最前までの威勢はどこへやら、女たちは黙って表を精査しはじめた。ぎこちない沈黙が広がる中、ひとりの女房が表の「ほ」の家庭を指さして、

「この家は大変ね」

と、哀れみを帯びた声を出した。夫婦仲も、子供の出来も、ほとんどが丁の家である。

「ほら。なんにもいいところがないご家庭じゃないの」

「本当ね。毎月丁しかもらっていないわ」

「こんなご家庭じゃ、奥様は大変でしょうね。楽しいことなぞないでしょう」

「せめてお姑さんが優しければ救われそうだけど、それも丁ってことは、きっと険悪なのね」

口々に哀れむ女房たちに、まさに「ほ」の家の女房が、

「このご家庭に比べたら、うちはまだマシだわ」

と、別段それが自分の家だと気付く様子もなく同意したから、政子は危うく噴き出しそうになった。

これを契機に女たちは思い思いに表を指しながら、かしましく感想を言い合いはじめた。ひとしきりみなが考課表をさらい終えた頃を見計らい、

「もうよろしいかしら。これはご相談にいらっしゃる方々のご家庭なので、あまり他の方にご覧に入れるのは申し訳なくて」

政子は遠慮がちに申し入れる。彼女らはそこで我に返ったふうに背筋を伸ばし、

「あら、そうね」

と、見合わせた顔を一様に赤らめた。

「あの……私も今度、相談に伺ってもよろしいかしら。こういう表にしていただきたいのよ」

ひとりが申し出ると、案外なことに、我も我もと女たちが続いたからうろたえた。彼女たちの表はすでにあって、遠方の女たちの見世物にされているのだ。同じ表を作るわけにもいかないし、適当に改竄（かいざん）するのは心苦しい。この頃では政子の内に、双六堂としての矜持（きょうじ）めいたものすら芽生えてきている。

「申し訳ないけれど、ご近所の方はご遠慮いただこうと思っているんです。だって、距離が近すぎますでしょう。今のご相談者様は、遠い町の、私とは縁もゆかりもない方々です。だからこそ客観的な判断がかなうんです。みなさんとはお友達ですもの。私には評価することなんてできませんわ」

ためらいもなく空言（そらごと）を吐けた自分に驚き、また、仕事人としての成長すら覚えて密（ひそ）

かな充足感を味わった。女房たちはまた顔を見合わせ、

「それもそうね。丙や丁をつけられてギスギスしても嫌だものね」

ひとりが冗談めかして言うと、朗らかな笑い声が立ち上った。政子はどうにか場をごまかせた安堵で、そっと息をつく。お茶でも出して、とっとと帰ってもらおうと、女たちを母屋に誘おうとしたとき、

「でもこれ、甲乙丙丁で評しているってことは、基準になるものがあるのかしら」

入口近くにいたひとりがふと疑問を漏らした。収まりかけた場が、「そうね」「そういやそうよね」と、また盛り上がる。

「基準というほど立派なものではないのですが、うちなんです。私の家庭、ほとんど波風が立たないでしょう。それが私には物足りなくて嫌だったんですが、他のご家庭を評するには、安定した基準になるんじゃないかと思って」

すると不意に、女たちの顔が曇ったのである。

「……お宅が？　あら、そう」

ひとりが言った。気まずそうにうつむくその姿を不審に思ったとき、

「それじゃあ、この丙丁がついたお宅は、よほど大変なのね」

と、他から憐憫の声が立った。

「それ……どういう意味ですか？」

訊いた政子に答える者はなく、みなそそくさと帰り支度をはじめる。お茶でも飲んでらして、と引き留めるも、逃げるように女たちは引き上げていったのだ。

「なんだね、嵐みたようだね」

姑は目をしばたたかせただけで済ませたが、政子は思いがけず受け取ってしまった不穏を、翌日から確かめる作業にかからねばならなかった。

五

「隣町の友達に会いに」と時折出掛ける姑のあとを、まずはつけることにした。別段、なんらかの疑いを抱いていたわけでもなかったのだが、姑は嘘をついていた。

省線で三駅先にある百貨店に、彼女は週に一度の頻度で通っていたのだ。単なる冷やかしでないことは、売り子たちが姑を見付けるや丁重に頭を下げ、抜け目なく新商品を示すことからも察せられた。宝石、帯、履物と、姑は時間を掛けて売り場を渡り、懐から札の束を出しては震えがくるほど高額な品を買った。物陰からその様を覗き見て、政子はほとんど卒倒しそうになった。

「うちは地主だから、なにをしなくとも金が余って仕方なくてね。使え使え、って息子がうるさいんですよ」

二十歳そこその売り子相手に、姑は作り話を並べている。ただ奇妙なのは、それら高価な品を、姑がこれまで一度も家に持ち帰っていないことだった。気になって、引き続き姑の行動を追った。すると、買い求めたばかりの品々を隣町の質屋に流していることが知れたのだ。

身内ということを隠し、別日に質屋に出向いた政子は、質流れになっている姑の買った品をそれとなく指して店主に訊いた。

「たいそういい品があるのね」

店主は、眠たげな目を押し開くと、

「ああ。それか。金持ちの婆さんでね。ものが余って仕方ないが捨てるのはもったいないって、ここへ持ってくるんだよ」

と、理由を語り、どの品も新品だし、売り出されて間もないものだから、売値の八割くらいの額は出しているのだ、と気前のよさを誇るように付け足したのだ。

「でもさ、あれぁ嘘だね」

ぽそっと店主が口にしたひと言に、政子は息を詰めた。

「嘘？」

「ああ。あの婆さんはおそらく、金持ちなんかじゃないだろう。俺はずいぶん人を見てきているから、仕草や佇まいでだいたいの暮らしぶりは察しがついちまうんだ。召し物がよくても、暮らしに詰まっていればそんなにおいがする。反対に、粗末ななりをしていても、育ちのよさが滲み出ている場合もある」

店主はこめかみをつつき、

「婆さんは、こんなふうに高価な品をぽんぽん買えるほどの金持ちじゃあない。それじゃあなんでこんなことをするかっていうと」

そこで一旦区切って、政子を見た。

「違う人間になりたいのかもしれないね。今置かれている場所に、よっぽど不満があるんだろうよ」


この翌週、政子は学校の教師から呼び出された。陽太郎のいたずらが過ぎて困っている、と直截に教師は言うのだ。

「それは……まことに申し訳ございません。家ではけっして乱暴なところを見せない子なのですが。もしかすると、遊びのつもりが興が乗ってやり過ぎてしまったのかもしれませんわ」

政子は疑いながらも平謝りに謝った。あのおとなしく聞き分けのいい陽太郎が、他所様に迷惑をかけるような行いをするはずもないのだ。が、教師の表情は晴れず、

「いえ、遊びのつもり、なぞというかわいいものではないんですよ。大人の私から見ても、ぞっとするほど陰湿なものでしてね」

言いにくそうに彼が語った内容に、政子の身が凍った。どこかで拾ったらしい古釘を、級友の弁当に忍ばせる。廊下に紐を張って、教師の足を引っかける。教室に生けてある花を引きちぎってごみ箱に捨てる。目に余る行いで、子供たちは今や陽太郎君に近寄ろうともしません、と教師は嘆息まじりに言うのである。

「うちの子が、まさか、そんな」

「そう思われるお気持ちもわかります。ただ、他の生徒の親御さんからも、だいぶ苦情が寄せられていましてね。それで本日お呼び立てしたのです」

近所の他の家庭にも、陽太郎の悪事が伝わっているのだ——あの日茶室に集まった女房連の困じた顔つきを思い出し、政子は蒼白になった。

「親御さんの間では、陽太郎君は鬱憤が溜まってやっているのかもしれないから、大目に見てあげたらどうか、という同情的な意見も出ていまして。ご家庭がうまくいっ

ておられないので仕方ない、と」

「うちが、ですか？　うまくいっていない、というのは？」

「申し上げにくいですが、あの、陽太郎君のお父さんが、その……よその奥様と」

「……うちの主人が？」

政子の形相に、教師は慌てて口をつぐむ。言わでものことを言ってしまった、という後悔と、てっきり政子は知っていると思っていたのに、という驚きとが、顔中に渦巻いている。

「お相手はどんな方です」

にじり寄ったが教師は目を逸らし、

「私はそこまでは」

と、言葉を濁した。

政子は追及を諦め、学校を出たその足で漬け物屋に寄った。郷田に一部始終を話すと、

「あんた、そんなことも知らなかったのか」

と、かえって呆れられた。姑の行状も息子の悪事も夫の浮気も、すでに町中の知るところだったのだ。

「相手は？　夫の相手はこの町の誰かなの？」

気色ばんだ政子に、郷田はかぶりを振った。

「私らの知らない人だよ。なんでも旦那(だんな)さんの友達の奥さんで、画家だとか聞いたけどねぇ。そういう職業だから、きっと奔放な発展家なんだろう」

島岡だ。夫の同僚で、一度家に訪ねてきたあの男の妻だ。裏切られた、という狂おしい怒りが突き上げてくる。すぐにでも夫を問い詰めたい衝動に駆られた。けれどまだ昼下がりで、夫が帰宅するまでには時間がある。政子は走って家に戻り、歳暮のやりとりのために以前控えた島岡の住所を引っ摑(つか)んだ。

「お出かけかい」

平素と違う勢いであるのに、買い物にでも出るのを見送るような調子で声を掛けてきた姑をやり過ごし、家から駆け出すと電車に飛び乗った。仁王立(におうだ)ちになって車窓に流れる景色を見詰めながら、

「波風が……」

と、政子はつぶやいた。それは以前の政子が焦(こ)がれていたものに違いなく、ただもしかすると自分の家庭は、凪(な)いでいると信じていた頃からずっと波乱を帯びていたのかもしれなかった。「丁」のひと文字が、目の前に大きく浮かび上がる。

島岡の家は造作なく見つかった。門口に下がっていた呼び鈴を鳴らすと、ガラス戸の内側に人影が浮かび上がり、やがて髪を櫛巻きにした女が現れた。牡丹柄の派手な着物に赤いビロードの足袋、手には絵の具らしきさまざまな色が賑やかに散っている。とくに美人というわけではないが、着こなしも佇まいも町の女房には見られないほどハイカラで、得も言われぬ威風まで備えていた。

政子が名乗ると、女は、

「ああ、幸夫さんの奥様」

と、夫を下の名で呼んだ。

「うちの主人に、なにか御用かしら。まだ仕事から帰らないんだけど」

「いえ。奥様に用がございまして参りましたの」

あくまで呑気な女の態度が癪で、政子は喧嘩腰に言い放った。

「うちの夫をたぶらかさないでいただきたいの。ご近所の目もありますし、うちが周りに嗤われるんですよ。もう関わるのをよしてくださいな」

女はしばらくきょとんとしていたが、やがて背をのけぞらせて笑いはじめた。

「妙なこと言わないでちょうだい。私はお宅のご主人と後ろ暗いことはなにもないですよ」

「でも、ふたりでいるところを見たって人がたくさん……」

「ええ。こちらに相談にいらっしゃるから、私の使ってるカフェーでお会いしたりもするのよ。うちは、たいがい散らかってますから」

「相談？　主人がどんな相談をするっていうんです」

どうせ女の嘘に決まっている。夫は、悩みを抱えるような人間ではないのだ。

「まぁいろいろあるようだけど、お仕事のことが主かしら。どうやら、郵便局勤めがお嫌のようよ。上司との折り合いが悪くて出世もかなわないし、もともと勤め人ということ自体、性に合っていないとおっしゃるのよ。私は画家なんていう変わった商売をしてますでしょう。それで、どうやって生計が立つまでになったのかって訊きにいらっしゃったのが最初じゃなかったかしら。はじめはうちの主人と一緒にお話を伺っていたんだけど、ほんとに再々いらっしゃるから、ついに主人は音を上げて、私ひとりがお相手するようになったのよ」

女が嘘をついているようには見えなかった。浮気というわけではなさそうだ、と安堵はしたが、妻でありながら夫の懊悩をまったく知らなかったことに愕然とする。

「私にはそんなこと、なにも言わないんですのよ」

「ご家族には心配掛けたくないんじゃないかしら」

「きっと私がこのところ仕事で忙しかったからですわ」

どこまでも余裕のある女の前で、政子はつい見栄を張る。自分も、この女と同じく、他人から相談を受けているのだ。他所の人間を救っているのだ。外の世界と繋がって、そこで必要とされているのだ。そうはっきり訴えたい衝動に駆られていた。

「そうでしたの。実は私も、困っていたのよ。近々個展があるから、その準備で忙しくて、ご主人の相手だけしているわけにもいかなくて。それに、ご主人は別段画家を目指しているわけでもないから、私の意見がそうそう役に立つとは思えないのよ」

眉を八の字にして語る女を見るうち、浮気どころか、彼女にとって夫の訪問は迷惑以外の何ものでもないのだ、と政子は察した。きっと彼女はその仕事柄、個性的で有能な人間に多く出会っているだろう。今更夫のような、なんの面白味もない、真面目なだけが取り柄の男に惚れ込むはずもないのだった。

「奥様が来てくださって、よかったわ。ね、この際ですから、お悩みはご夫婦で解消するようになすってはいかがかしら。それがいいわ。そのほうが健全だし、きっとうまく収まるわ」

厄介払いをするように女は言い、「お茶も出さずにごめんなさいね。散らかっているものですから」と、絵の具のついた手を擦りながら言って、せいせいしたような顔で戸を閉めた。

重い足を引きずって、政子は家路につく。省線に乗るのはよして、これまでの家族の日々を反芻しながら長い道のりを歩いていった。

帰って勤めのことを訊いたとしても、きっと夫は「なんでもない」と弱く笑うだけだろう。それは島岡の妻が言うように「家族に心配掛けまい」とする気遣いではなく、家族に相談したところで解決にもならなければ気が晴れることもない、と夫が諦めているからだ。

そう。夫はとうの昔に、家族であることを諦めてしまっている。いや、夫だけではない。姑も、もしかすると子供たちも。そして自分自身も。

毎日のように茶室を訪れる女たちのことを、政子は思う。彼女たちもまた、自分のよすがとなるべき場所を、はっきりと信じることができないでいる。だから躍起になって、双六の上の駒を競わせ、他の家に勝った負けたと一喜一憂しては生きる実感を得ているのだ。

——でも。

と、政子は道端で立ち止まった。

――あの双六の「上がり」は、なにになるんだろう。

烏（からす）が鳴いている。血色の夕日が、建て込んだ家々の隙間（すきま）に窮屈そうに身を落とし込もうとしている。

宵待祠の喰い師

一

こんなはずではなかった。

女学校を首席で卒業し、大きな薬品会社の薬剤師として雇われた。

「女人が入ったのは、有史以来だな」

と、直属の上司は冗談めかして言ったが、実際綾子（あやこ）は職場で紅一点だった。はじめの頃こそ、若くて美しい綾子の登場に同僚たちは浮き立ったのだ。だが、彼女が薬剤の扱いや調合をみるみる吸収し、人一倍速く正確に仕事をさばけるようになると、周りの男たちはどういうものか綾子を煙たがりはじめた。同僚の過（あやま）ちを指摘した折など、

「そんなんじゃ嫁のもらい手がなくなるぞ」と、お門違（かどちが）いな雑言（ぞうごん）を投げつけられることまであったのだ。

「そうはっきり意見を言うものじゃあない。君は少し、男を軽んじているのじゃあな

いのかな。たまにいるだろう、亭主を足蹴にして、えばりくさっているような女が。気をつけないと、いずれそうなっちまうぞ」

いいえ、私は飛び抜けた男尊女卑思想の持ち主でございます。男という生き物は、頭脳も力も心の広さも物を見る目の確かさも、万事女より勝っていると信じているのです。それだけに、私ごとき小娘より劣っている男、しかも職歴だって遥かに長いのにまともに仕事ができない同僚たちを、どうしても「男」として見ることができないのです――本音が経文のごとき文字列となって頭の中をぐるぐると巡った。もちろん、口には出さない。ただ柔らかな笑みを作って、「気をつけます」と心を通さぬ言葉を吐き出すだけだ。

――他所様に迷惑かけねぇのはもちろんだが、他所様にゃ優しくしなきゃならねぇよ。

父は、勤めをはじめた綾子に、なにかにつけてそう言い聞かせてきた。名の知れた大工頭だった父は、深見組なる一家を立ち上げ、職人を十人ばかし抱えていた。ために、綾子が幼い頃から家には人の出入りが多く、誰かが飯を炊けば、仕立物はお抱え大工の女房がちょいと手伝ってくれたりもして、三つで母を亡くしてから父娘ふたりの暮らしだった綾子は、おかげで一度も寂しい思いをしたことがなかった。

それなのに女学校へ上がる頃になると、周りの温情が急に煩わしくなったのだ。放っておいてほしい、私はなんでもひとりでできるのに――。それで綾子は一度、最古参の職人である遠山に、

「棟梁の娘だからって、そうよくしてくれずともいいんですよ」

と、遠回しに伝えたのだった。遠山は、平素真四角な顔を楕円に弛めて返した。

「わかりました。お嬢さんはもう立派な大人ですからね。出過ぎた真似をしやしたね」

無骨で無口だが、とりわけ察しのいい人物だった。言葉の奥にあるものをすいと読み取る技量は、「見て覚えろ」の職人暮らしで培われたものだろう。

「情けは人のためならず、ってのがあっしら職人にとっちゃ一番大事な姿勢だと、さんざん棟梁に教えられたもんですから、ついやり過ぎちまうのかもしれませんね」

このときは遠山がなにを言っているのか、まるでわからなかったのだ。

けれど綾子が薬剤師になって五年後、桜が散るのに合わせたように父が逝き、呆然と臨んだ通夜の席で、

「お嬢さん、深見組を継いでくれませんか」

と、遠山から平身低頭頼み込まれたとき、なぜか真っ先に頭に浮かんだのは、この

「情けは人のためならず」という言葉だった。

「継ぐったって、私には知識もありませんし。遠山さんが引き受けてくれたほうが、ずっと確かです」

父の築き上げたこの一家を守りたいという願いはあったが、綾子にはすでに大切な仕事があったし、大工のいろはもわからないのだ。

「なに。小さい頃から棟梁の仕事をご覧になってきたじゃあないですか。綾子さんくれぇ頭がよけりゃあ存外覚えているものです。なにも現場で金槌(かなづち)振るってもらいてぇってんじゃねぇんです。職人たちを束ねて、現場を回していく統率役を担(にな)ってくれりゃあ、こんなにありがてぇことはないんだが」

遠山はこの年の正月に五十になっていた。大工としてはもっとも脂(あぶら)が乗る頃合いで、昔から抜きん出ていたその技にますます磨きが掛かったと、父が盛んに褒めていたことを綾子は思い出した。だが生来の口べたで、現場では滅多に口を開かない。人に指図するより自分でやっちまったほうが楽だ、とすべてひとりでこなしてしまう。父のように職人全員に目配りしながら巧みに人を使うのは、なるほど難しいかもしれない。

薬剤師は生涯の仕事として選んだ。結婚しても続けたいと、そこまで思い込んでいた。先の戦争で露西亜(ロシア)に勝って、これから日本は一等国として科学も発展の一途を辿(たど)

るだろうと、薬品会社はどこも活気づいているさなかだった。

ひとりではどうにも決めかねて、久しぶりに小学校で同窓だった安江を訪ねた。数年前、乾物屋のおかみさんに収まって、今は幼子をふたり抱えながら店に立っている。

「あたしは継ぐのもいいと思うよ」

安江は、呆気ないほど簡単に言ってのけた。

「あんたは頭も器量もいい。女学校まで上がって、今度は大きな会社に勤めて、あたしからすりゃ夢みたいな人生だけど、あんたはそうなって当然の器を持っていたんだよね」

「だったら……」

「でもさ、今のあんたは本当のあんたじゃないような気もするんだよ。あの『べらんめぇ』が飛び交う職人の中で育ったのにさ、学友のお嬢さんに『ごきげんよう』なんて挨拶してんだもの。あたしにゃあ、窮屈そうにしか見えなかったけどねぇ。どうせ今の勤め先でも無理してんだろう」

図星を指されて綾子は押し黙る。女学校時代、朝な夕なと「ごきげんよう」と微笑むたび虫酸が走ったものだ。父は深川の産で、混じりけない江戸弁を使ったから、それを聞いて育った綾子には山手言葉はただただこそばゆかった。今の職場でも、楚々とした女であろうと確かに無理をしている。

――だけどきっと、隠し通せてないんだね。

結果、周りの男たちから、かわいげない、と評されているのだ。

決心がつかないままに会社勤めは続いた。

五月晴れのその日、自分の机で弁当を広げていた綾子のもとに、ひとりの同僚が寄ってきた。入社は綾子より五年も前だが、仕事の手際がひどく悪い。彼の尻ぬぐいはこのところ綾子の役目になっている。

「これ、とりあえずやっておいて」

彼は当たり前のように、自分の仕事を押しつけた。

「どうもややこしいからさ。君ならお手の物だろう」

まったく開き直ってそう言う。ややこしいことを人に委ねているから、いつになっても仕事を覚えられないのだ。腕と勘所を鍛えるにゃあ、面倒なことぉ進んでやるのが一番だ――父が職人衆に口を酸っぱくして語った言だった。綾子がなにも応えないのを拒絶ととったのだろう、同僚の表情がにわかに険しくなる。

「嫌なら別にいいんだぜ。君は女で、珍しいからここで重宝されているだけだろう。だから少しでも有用な仕事を任せてやろうと思っただけだ。こっちだって気を遣ってるんだぜ」

　こめかみがぴくりと跳ねた。だが綾子は抗弁しない。代わりに、鼻の穴を目一杯押し広げて、思うさま息を吐き出した。

「なんだよ、その態度。そんなんじゃ、嫁のもらい手がないぞっ」

　二言目には、「嫁のもらい手」だ。嫁に行くことが、女の至高の栄誉というわけか。綾子は目の前の男をまじまじと見詰めた。こいつも妻帯者である。仕事の覚えが悪く、五年も後輩の女にこっそり厄介事を押しつけて、腕のひとつも磨かずに上役へのゴマすりでかろうじて首を繋いでいる、こんな男の飯を作ったり、下着を洗ったり、ひいてはこの男のしょうもない性分を受け継いだ子を産んだりして一生を終える女もあるのだ。

「地獄だ」

　思わず口から出てしまった。男は耳ざとく、こぼれ出たその言葉を拾い上げ、

「そうだぜ、地獄だよ。女が生涯、独りでいられるはずもないんだから、もう少し愛想良くしなきゃならないぜ。みんな言ってるよ。君は女らしくないって。率先して茶を淹れたり、机を拭いたり、そういうとこ、気を利かさないといけないぜ」

　お前が仕事を押しつけるから、いつも時間がないんだよ――言い返そうとしたが、

どうせ通じないだろう、時間の無駄だ、と綾子は自分の机に向き直り、男がまだそこにいるのも構わずに弁当のたくあんをバリバリと噛(か)み砕いた。

翌日、綾子は上司に辞表を出した。面倒なので、退職理由を結婚とした。

「今月末までおりますので、預かっております仕事はすべて片付けます」

そう宣して、今まで以上に迅速に仕事をこなした。もう辞めるのだから、となんの遠慮もせず容赦なく同僚たちの間違いを指摘した。男たちは一様にムッと顔を歪(ゆが)めたが、「そんなことじゃ嫁のもらい手がない」と綾子をなじることは当然ながらなくなった。「結婚する」というひと言がこれほどの防波堤になろうとは、と綾子は驚き、職場において私の弱点はきっとその一点しかなかったのだと、小気味よく思った。男は、自分が上に立つことができない女に対して、こういうつまらん攻撃をする生き物なのだ。

いっそせいせいして家業を継ぐことになった綾子だったが、そこで扱うのもまた男たちだということを、この折はすっかり失念していたのだ。

二

家も人も大事に残す――というのが、仕事上での父の理念だった。

深見組は新築のみならず修繕も多く手掛けているため、簡単に捨てたり壊したりしないという精神を支柱に据えたのだろう。職人についても同様で、一度雇ったら生涯面倒を見ると、十年ほど前からそう定められている。

「腕が悪い人でも、使い続けるの？」

まだ父が生きていた時分、綾子は聞いたことがある。薬の調合に手こずる同僚たちにうんざりしていた頃だった。

「人ってのは、いつ花開くかわからねぇからな。二十歳そこそこで芽が出る者もありゃ、四十過ぎてからものになる奴もある。雇う側は長い目で見なきゃならねぇのよ」

父は口こそ荒っぽかったが、至極優しい人だった。その優しさと面倒見のよさで、職人たちからも慕われていた。父の葬儀の席で、いかつい男たちが辺りも憚らず声をあげて泣いていた光景は、未だ綾子の目の奥に鮮明だった。

職人たちのほとんどは綾子とも慣れ親しんでいるから、簡単な挨拶だけですぐに実務に取りかかることができた。注文を受け、施主と打ち合わせをし、誰にどの現場を任せるか決め、材料を仕入れ、見積もりを出し、進み具合と仕上がりを確かめに行き――やるべきことは山ほどあった。さすがの綾子も戸惑うことの連続だったが、そこは遠山がなにくれとなく補ってくれた。おかげでひと月が経つ頃には差配だけは身について、多岐に渡る仕事も手際よくさばけるようになったのだ。

「ほんとは私がひと通り大工仕事を覚えたほうが、現場ももっとうまく回せるようになるんでしょうけど」

川開きも過ぎた頃、宵に事務所で算盤を弾きながら綾子はふとこぼした。土間でひとり、鉋の刃を研いでいた遠山が、

「そんなふうに言っていただけると嬉しいですよ」

さざれ石が連なったような歯を見せて笑った。綾子は手を止める。前の職場でこんなことを言えば、「女が出過ぎた真似をするんじゃない」と一蹴されただろう。

「でもうちの職人はみな、細けぇとこまでしっかりやりますから。任せて大事ありませんよ」

胸を張って応えたあと、遠山はふっと眉を曇らせた。

「まぁ、あいつは少し、気をつけておかねぇとならないですけどね」

あいつ、というのは、森崎政巳という三十路を過ぎたばかりの職人である。三年前に雇われた一番の新参者で、人当たりがいいせいか、施主からの評判は上々だった。無口で無骨な職人衆の中にあっては珍しく、百貨店の売り子みたいにペラペラと口

も達者だ。綾子に対しても下にも置かぬ扱いで、角材なぞを運んでいるとすぐさま飛んできて、

「僕が持ちましょう」

と、象牙のようにつるつるした歯を見せて言うのだ。こんなふうに優しくされれば、たいていの女は胸が躍る。だが綾子は森崎にそうされるたび、なぜか「ごきげんよう」と微笑むのに似た居心地の悪さを覚えるのだった。

その森崎が、ちょいちょい仕事でしくじっているらしい、と綾子が勘付いたのは、他の職人たちの話を小耳に挟んだからだった。

「塗料がはみ出しちまったのは、まぁ職人ならしねぇことだが、百歩譲って仕方がないよ。あいつはそれを、隠そうとするから質が悪いのよ」

「まったくだ。平気で『俺じゃあねぇ』って顔するからな」

深見組は大工集団だが、建具設置や塗装といった仕上げまで請け負うことがままある。森崎も先だって、柱に艶を出したいとの施主の依頼で自ら塗装を施した。その仕上がりがひどく、はみ出しや塗り残しまであるという。綾子が早速現場へ出向いて確かめると素人目にも雑な仕事で、すぐに森崎をその場に呼んで問いただしたのだ。ところが彼は、

「おや。これは、どうしたんだろう」

と、二重の大きな目をしばたたかせ、小首を傾げたのだった。それはこっちの台詞だ。綾子が眉をひそめるや、森崎はいつもの人懐こい笑みを作って、

「ここは僕が塗ったところじゃないですね」

と、恬として返したのである。

「じゃあ、誰が塗ったんです？」

「まぁそれは、いいじゃあないですか。僕が言うと告げ口みたようになりますから」

念のため同じ現場に携わった職人に訊くと、塗装に関わったのは森崎だけだという。

爾来綾子は、なるたけ森崎の現場に目を光らせるようにした。彼の仕事ぶりは表向き、至極誠実に見える。施主が茶を支度した折など、他の職人が手を休めても森崎だけは「キリのいいとこまでやっちゃいますんで」と作業を続けるし、「自分が納得いくまでもう少し手を入れさせてくれ」と人一倍時間をかけてひとつところを仕上げることもしていた。

他の職人とやり方が異なるだけで、熱心ではあるのかもしれない、と当初綾子は思い直しもしたのだ。が、深見組を任されて季節が一巡した頃には、森崎の「こだわり」がまったく上っ面であることが、綾子にもはっきり見て取れたのだった。

茶の時間をずらすのは、単に職人の輪に交じるのを恐れてのことである。実際、他の職人が作業に戻った頃にひょこひょこと茶を飲みに来て、十分すぎるほどの休憩をとっている。作業に時間をかけるのは手間取っているだけのことであり、彼の「こだわり」と見えていたところはすべて、自分の未熟さやしくじりをごまかすための方便だった。

細部までゆるがせにしたくない、と感じのいいあの笑顔で語りながら、塗装のはみ出しから木部の寸法違い、はては木屑（きくず）や釘（くぎ）の不始末までして知らぬ顔――それが森崎の「仕事」だった。

「この汚れ、落とさないと駄目ですよ」

張ったばかりの檜（ひのき）の床に、焦（こ）げ茶の塗料が刷毛（はけ）で掃いた形そのままについていた。

増築した書斎である。六畳の板間に、東の窓に向けて備え付けの机を設（しつら）えるのが、このほど定年で勤めを退いた施主の長年の夢だった。大工と指物師（さしものし）が見事な仕事をし、楢（なら）材の机を重厚な焦げ茶に塗れば無事仕上がるところまできていた。が、森崎が塗料を含ませ過ぎたのだろう、木目が異様に立ち上がり、書き物をするには不向きな出来になってしまった。

「今は表面が凸凹してますが、乾かせば木目の浮きも落ち着きますよ。もし収まらなかったら、表面を一旦削ってやり直せば済むことですから」

森崎は悪びれもせず言ってのけ、これを聞いた指物師が頭に血を上らせた。

「こっちは厚みからなにから万事調えて納めたんだっ」

もっともな言い分である。簡単に「表面を削ればいい」という話ではない。さすがに遠山も、珍しく声を荒らげた。

「てめぇが木の質をよく見ねぇで、やみくもに塗るからこういう羽目になるんだ。木によって塗料の染み込み方や木目の膨らみ方が違うってのに、なぜそういう細かいことに気を配れねぇのだ」

森崎もこのときばかりは消沈した様子を見せた。が、翌々日、乾いたおかげで木目の立ち上がりがさほどでもなくなり、施主が「やり直すほどでもない」と寛容に対応するや、彼は平然と「僕の計算通りだ」と胸を反らしたのである。

綾子が床の汚れを見付けたのはそんな折で、よくよく検めれば、柱にも焦げ茶の飛沫が散っている。養生を怠ったのだろう。

「うまく汚れが取れればいいけど、どういう手立てがいいか、遠山さんにも訊いて進めてください」

苛立ちを押し殺して告げた綾子に、森崎はきょとんとして返したのだ。

「これは……なんの汚れだろう」

彼が大仰に首を傾げるのを見て、開いた口が塞がらなかった。焦げ茶の塗料は机にしか使われていない。しかも森崎は「設置してから塗装したほうがいい」と言い張り、増築した部屋で机を塗ったのである。

「どう考えてもあなたがつけたものですよね。ほら、ここ。刷毛の跡まであるでしょう」

こめかみが脈打つのに任せて、綾子の言葉つきがきつくなる。

「いやぁたぶん横井さんじゃないかな。僕が休憩中に塗装道具を動かしたみたいだから」

横井というのは指物師のことである。それこそ、細部にまでこだわって完璧な仕事をする老練の職人で、塗料をこぼすようなしくじりは考えられなかったし、よしんばうっかりやってしまっても、その場で必ず対処するはずだった。

「横井さんも歳ですからね。まぁ、僕がなんとかしておきますよ」

そう言ってさっさと踵を返した森崎に、綾子はなにも言えなかった。あまりに呆れて、言葉が出なかったのだ。

それからも森崎は、作業の至らない箇所を綾子が指摘するたび、誰かのせいにするか、聞こえない振りをした。半間も隔たっていないところで、「これ、寸法が違ってませんか」と言った綾子に、「いやぁ」と不可解な相槌を打ってふらりと表に出ていったときには、さすがに怒りで総身が震えた。

森崎は、薬品会社の男たちより質が悪かった。彼らはまだ、ムッとすることで綾子に反応を示していたのだ。

「受け流すことも頭に来るんだけどさ、自分の仕事をごまかして、お前はそれで気持ち悪くないのかって、そっちが引っかかっちゃってさ」

職人相手に愚痴を言うわけにもいかないから、安江の店を訪ねては胸の内にわだかまっているものを吐き出すのが、綾子の日課となった。情けないと思いながら、そうでもしないと腹の虫がおさまらないのだ。

「辞めてもらうわけにはいかないの？」

愚痴を聞かされるのには大概飽いているのだろう、安江の返答はこのところ一辺倒だ。

「誰も馘にしないってのは、父さんの理念だからね」

「理念ねぇ。女学校出は難しい言葉を使うねぇ」

安江は茶化したあと、あかぎれだらけの指で通り向こうを指し、

「あのね、あすこの角を入ったとこにさ、小さな祠があるの、知ってるかい」

唐突に話を変えた。

「宵待祠って名なんだけどね、その奥に、瓦が一面苔生した平屋があってね、そこに喰い師がいるんだって」

「くいし？　え……なんの話をしてるの？」

「例えばさ、あんたが溜め込んでるその嫌な思いがね、喰い師に話すだけで、さっぱり消えてなくなるらしいんだよ」

嫌な思い、とすっぱり言い切られて、綾子は不快だった。

「要は、愚痴聞き屋ってことでしょう」

忙しい安江は、今自分が背負わされているその役目を、喰い師とやらに押しつけてしまえと考えたのだろう。

「それが違うらしいのよ。ただ聞くだけなら誰でもできるけど、胸がスッとして、悩みそのものが消えてなくなるってもっぱらの噂だよ。見料も安いらしいから行ってみたらどうだい」

背中の子供をあやしながら言うだけ言うと、安江はお客に呼ばれて忙しなく仕事に戻った。

――喰い師。

やけに印象深いその名を口中で反復しながら午後の仕事に戻った綾子に遠山が寄ってきて、

「例の床と柱の汚れ、落としておきました」

そっと伝えた。遠山は一通りなんでもできるが、ことに色の修繕には余人を寄せ付けない技を持っている。ついた塗料に溶液を馴染ませて拭き取ったのち、周りの色と合う塗料を調合して丁寧に塗っていく。細かな木目まで再現し、汚れのなかった元の形に戻すのだ。現場を検め、綾子は感嘆の声をあげた。どこに汚れがついていたのか、まったくわからない仕上がりなのだ。

「遠山さんの技は、いつ見ても惚れ惚れします」

遠山はこそばゆそうに頭を下げ、

「だけど、あっしのこの技は、できれば使わねぇほうがいいんですけどね」

と、苦く笑った。

翌日綾子は森崎を連れて現場に入り、遠山の直した箇所を見せた。

「森崎さんがつけた汚れ」

と、綾子はあえて明言し、

「遠山さんがきれいに直してくれました」

彼を睨め付けて言ってやったのだ。だが森崎は、例のきょとんとした顔を向けたのち、

「いずれにせよ、よかったですね」

と、まったく健やかに笑んだのだった。総身が鳥肌立った。この男には、職人としての矜持がないのか。

「あの……森崎さんは、どうしてうちに入ったんですか」

思わず非難めいた口調になった。同じ釜の飯を食っている他の職人たちの仕事を見て、あんたはなにも思わないのか、恥ずかしくはないのか、と怒鳴りつけたい衝動に駆られてもいた。

「ここは給金制でしょう。他所はたいてい歩合なのに。生計が立てやすくていいと思ったんですよ。それに馘首もないと来ている。うちはもうすぐ子供が生まれますからなにかと物入りですし、これからの時代、雇用人を大事にする、こういう職場は増えていくだろうと思ったんです。亡くなった棟梁は、先見の明があったんですね」

それに引き換えお前は堅物の能なしだという嘲笑が、森崎の表情に含まれているように感じた。綾子は怒る気も失せ、早々にその場を出た。森崎と同じ空気を吸うことさえ疎ましかったのだ。

三

「つまり森崎というその男は、すべて算盤尽くなんですよ。しくじるのは腕がないからなんですが、それを隠す術ばっかり玄人はだしで」

宵待祠の裏に佇む朽ちかけた平屋の一室で、綾子は胸の内の澱みをひとしきり吐き出している。

部屋は十畳と広く、一間幅の縁側までついていた。表替えをしたばかりなのか、青畳のいい香りが満ちている。壁は鶯の京壁、網代天井に床柱は黒檀と、贅が尽くされていた。苔に覆われた屋根と、木がところどころ腐った外壁からは、ここまで凝った意匠の部屋が設えられているとは誰も想像すらしないだろう。

喰い師は、若い男だった。

街角で見世を広げている占い師のような老齢の婦人が現れるに違いないと決めつけ

てこの館に足を踏み入れた綾子は、薄羽蜻蛉のように細身で澄んだ肌を持つ、端整な顔立ちの男を見てたじろいだ。喰い師は、綾子がためらううちに、長くしなやかな指をひらめかせて、

「こちらへどうぞ」

と、この一室に誘ったのである。

館は静まり返っており、一切のひと気がない。薄氷を踏むように綾子は座敷を進み、絹の座布団に腰を落ち着けた。緊張で唾を飲み込むと、その音が辺りに響き渡った。喰い師が経机を挟んで向かいに座す。仙台平の袴に黒羽二重の着物を身につけており、それが彼の気高い様によく似合っていた。

「お訪ねくださいまして、ありがとうございます。先に申し上げておきますが、私は占いをするわけではございません。お悩みに適切な忠告を差し上げることもできません。ただ、お話を伺うことしかできませんが、よろしいですか？」

喰い師とはそういうものだと事前に安江から聞かされていたので、問題はない。ただ、この美貌の青年に、ドロドロと濁った存念を打ち明けるのは憚られた。

「あの、なにをお話ししてもよろしいんですか？」

「ええ、もちろん。ここで話したことは他に漏れることはございません。あなたのお

名前も伺いませんし、私が喰い尽くした思いはこの身の内で霧様に変じますから、お話が済んだ翌日には、私自身はっきり覚えていないんですよ」

　喰い師は悠然と微笑む。

「霧、ですか」

「ええ。あなたの思いは私が引き受けて昇華いたします」

　にわかに信じがたい気がした。話すだけで幾分心持ちが楽になることは、確かにある。綾子が再々安江を訪ねたのも問題解決を望んでのことというより、同調を得て嫌な気分を少しでも和らげたいという思いからだった。

「お話しすると、私の中からも思いが消えてなくなるわけですか」

「起こった事実が記憶から消えることはございません。ただ、あなたを苦しめている感情が消えてなくなります。例えば、とても嫌いな人がいるとする。人というのは不思議なもので、嫌いと思えば思うほど、その人のことを考えてしまいます。ひとりでいるときも、相手の一挙手一投足を思い出し、苛立ったり嘆いたりすることで、ご自身の大切な時間を真っ黒に塗り潰してしまうのです」

　綾子は喉を鳴らしてうつむいた。まったくその通りなのだ。仕事が休みの日でも、森崎の言動を思ってはくさくさするのが常なのである。

「それはとても不毛なことと思いませんか？」

綾子は大きく頷き、腹を決めた。

「では、お恥ずかしながら、私が手放したい思いをお話しさせていただきます」

そこから一時間、綾子の口は休むことなく回り続けた。森崎への憤りがとめどなく溢れて、なかなか収まらなかったのだ。人前では滑らかに言葉が出ず、言いたいことも堪えるのが今までだったのに、この饒舌はどうしたことだろう、と綾子自身戸惑った。幸い喰い師は瞑目して聞いてくれたから、若くきれいな男に自分の汚い部分をさらけ出しているという後ろめたさも薄らいだ。

内にある苛立ちをすべて出し尽くして話が途切れると、喰い師はそっと目を開いた。すっと柔らかな笑みを浮かべ、

「本日は、お聞かせていただき、ありがとうございました」

と、深々と頭を下げた。

——それだけ？

せり上がってきた驚きを、綾子はかろうじて飲み込む。確かに、「聞くことしかできない」と最初に喰い師は断った。

——それにしたって、「大変ですね」「ひどいですね」の相槌くらいあってもよさそ

うなものだけれど。

御代は思いのほか安かった。近頃流行っているカフェーで珈琲を一杯飲む程度の額だろうか。けれど綾子の内にある嫌な感情が消えた様子はなかったし、森崎の顔を思い浮かべると律儀に虫酸が走るのだ。

――きっと全部嘘なのね。そんなうまい話があるはずないもの。

喰い師の館を出て、冷風吹く中を足早に行きつつ、綾子はいっそう膨らんだ不満を持て余した。

翌朝、窓を開けると、中秋の青空がやけに目に染みた。

「いいお天気だ」

声に出して言ったとき、なにかが違っていることに気が付いた。身体も軽いし、喉の辺りもハッカでも舐めたように通りがいい。東からの真っ新な光を受けるうち、心まで躍りはじめた。

――見事な秋晴れだもの。誰だって気持ちが明るくなるでしょう。

綾子はさして気にせず、急いで朝食をとると、事務所に入った。

大工に頼まれていた床材を発注し、やりかけの見積もりを仕上げ、新たな施主と打ち合わせをする。それが終わると現場に足を運んで、作業の進捗を確かめた。と、柿渋で塗ったはずの濡れ縁に、一部塗り残しがあるのが目に留まった。この現場の塗装は、森崎が負うている。綾子はすぐに彼を呼び、

「ここ、塗り残してる。あとで塗っておいてください」

手早く命じた。森崎が例のごとく、はじめて気付いたような顔をして、

「これは、どうしたんだろ」

いつもの台詞で応じたから、綾子は淡々と返したのだ。

「どうしたもこうしたも、あなたが塗り残したところです。塗り直してください」

言って森崎にさっさと背を向け、今度は特別に設えた建具の塩梅を確かめる。遠山が寄ってきたのはそのときで、

「割り切られたようですね」

彼は目をたわめて笑んだ。綾子はなんのことかわからず、首を傾げる。

「それが賢明です。奴のためにできることは、的確な指示を与えるより他ありません。悩んだり苛立ったりするだけ無駄ですから」

遠山の言う意は計りかねたが、この日の仕事はいつになく速やかに運んだ。五時には無事仕事を切り上げ、自室に帰って浴衣に縕袍姿で明日の作業を算段しつつ小さな

徳利一本だけの晩酌をして、簡単なお菜をこさえていただき、火鉢の前で読みさしの小説本を開いたところで綾子ははたと気付いたのだ。

――霧になったのだ。

自分の内にとぐろを巻いていた嫌な感情がどんな様子だったのか、それすら思い出せない。いつの間にかどうでもよくなっている。喰い師が、見事に引き取ってくれたのだろう。肩の力がふっと抜けた。あまりの身の軽さに、これまで森崎のことでいかに煩っていたか、かえって明らかになったような具合だった。

四

ひと月ほどは、つつがなく過ぎた。綾子はいたずらに苛立つことこそなくなったが、といって森崎の仕事ぶりが改まることもないのだった。次第にまた、身の内に濁った存念が沈殿していく。森崎には根気強く注意を与えた。けれど彼はとぼけるばかりで、綾子の追及をやり過ごすのだ。それでも愛想と人当たりだけはいいから、施主や関わりの少ない職人たちには気付かれない。

「でもね、ああやってごまかしているうちは、腕が上がらないんですよ。職人として大成することもなければ、続けていくことも難しくなるんですよ。結局自分が損してるんですよ」

ふた月ぶりに訪れた喰い師の前で、綾子は遠慮なくまくし立てた。言葉付きが荒くなるのも構わずに。

「できないことを、ひとつひとつできるようにしていくのが仕事なんですよ。それがうまくいかなかったら、悔しがるものなんですよ。それなのに、聞こえない振りと、細かい嘘で、やり過ごすことしかしないんです。あんなの職人じゃない。周りに優れた職人がいるのに、そこから学ぶこともしないなんて」

喰い師はこの度も、静かに耳を傾けるだけだった。血道の模様が薄く浮き出た彼のまぶたを眺めつつ、自分の汚泥のような思いがこのきれいな青年の内側で、どんなふうに形を変えるのだろうと興味が湧き、それとともに、進んで他人の汚泥を引き取ることを生業にしている彼を不憫にも思った。

「本日は、お聞かせいただき、ありがとうございます」

先だってと同じ挨拶で喰い師が場を終おうとしたとき、だから綾子は思い切って訊いたのだ。

「あなたは……あなた自身は、胸にわだかまった嫌な思いをどこに吐き出すんですか？」

彼は少しばかり目を丸くしたのち、クスクスと少女のように笑った。そうして、

「やっぱり、めがあるんだな」とつぶやいた。

「め？」

「ええ、芽です。『芽吹く』の芽。あなたの内には、他者に優しい人間でいたい、という希望、つまりまだ形にならない芽のようなものがあるのです。それは、初めてお話を伺ったときから感じていました」

綾子は思わず身構えた。吐き出した言葉だけでなく、内面を見透かされていたことに動じたのだ。けれど喰い師の指摘した「希望」とやらに、綾子自身は心当たりがないのだった。

「私の仕事がいわゆる愚痴聞きと異なるのは、ご相談者様の怒りや苛立ちを伺いながら、その方のずっと奥にある思いをひもとくところかと存じます。みなさんのお悩みは、他者に原因があるようでいて、実はご自身の内で培っているこだわりや観念によって生じていることがままあるのです。ご自身の考えの硬さが遠因になっているとでも申しましょうか」

「……森崎への苛立ちは、私の頭が硬いせいだと？」

顔色を変えた綾子に、喰い師はかぶりを振った。

「必ずしもそうとは言えません。人にはそれぞれ、大事にしているやり方がございます。その是非を論じるのは私の役目ではございません。ただ、人が人に対して憤りを感じるとき、個々が大切にしているものの相違が原因となっていることがおおかたなのです」

夫婦仲の悪さも、恋愛での悩みも、親子の確執も、「自分と違うこと」が許せなくなるという点ではまったく同じで、ゆえに思いを昇華するときは必ず、相談者のこだわりを解した上で、そこに引っかかる部分を慎重に取り去って霧にするのだ、と彼は述懐した。

「あなたの優しさへのこだわりは、けれど少し複雑なものです。あなた自身の内から純粋に湧いているお気持ちではございません。お父様のように、他者には情をもって接しなければいけない、一度雇った人間は最後まで面倒を見なければいけない——そうした、どちらかと言えば義務感から来ているように感じます」

綾子は頷くことも忘れて瞠目した。父のことも、その理念も、喰い師には一切語っていなかったからだ。

「他者の理念というのは、それがどれほど尊敬に値するものであっても、容易になぞれるものではありません。他者の考えを糧とすることは大切ですが、よほど腑に落ちない限りは、そのまま受け継げばいらぬ苦しみを生みます。やはり自分の内から純粋に湧いた気持ちでなければ」

喰い師はそこでふと口をつぐみ、

「これは、よけいなことを申し上げました」

微笑むと、腰を上げた。綾子も続いて席を立つ。玄関口へと導かれ、靴に足を滑り込ませる。敷居をまたいだとき、「ご質問にお答えしておりませんでしたね」と背後に喰い師の声がした。

「私が、わだかまりをどこに吐き出すか――そういうご質問でしたね。私の内には、ことにこだわりが棲もうていないようで、苛立ちや困惑を抱えたことがないのです。あったとしても、ご相談者様の思いを昇華する折、一緒に消してしまっているのかもしれません」

振り返った綾子に喰い師はゆったり微笑んで、

「どうぞ、お気をつけて」

と声を残すと、玄関戸をぴたりと閉ざした。

翌朝は喉が通り、頭も身体も軽くなったのは以前と同じで、けれどこの度は半熟卵のようなとろりとした憂鬱が、心の奥底に残っているのを綾子は感じた。

とはいえ師走の慌ただしい盛りで、それについてじっくり考える暇もなく、「年内には終わらせてほしい」という客の要望に応えるために、彼女は寝る間も惜しんで仕事をこなした。

森崎は、必ず遠山の現場につけた。悪いけど、よくよく気をつけてほしいんです——綾子が事務所から出られそうもない日は、遠山に欠かさず耳打ちした。寡黙に作業するのが彼の常だけに申し訳なくも思ったが、職人としての目が利くから、森崎がしくじるより前に巧妙に布石が打てるのだ。

「この瓦は触ると指紋が残っちまうから、気をつけな」

「漆喰ってのは少しでも塗料がはみ出すと、端まで色が走っちまうんだ。よくよく養生しておけよ」

おかげで年の瀬は、綾子が施主に詫びを入れる手間もとらずに済んで、つつがなく新年を迎えることができた。仕事始めの挨拶回りが一段落し、藪入りを迎えた日、ふと気になって綾子は遠山に訊いたのだ。

「父さんは、なんだってあんなふうに職人衆に優しくなったんでしょう。私が幼かった頃はもっと厳しかった気もするんですけど」

遠山は、火鉢の上で擦り合わせていた手を止め、

「そうですね。若ぇ頃は、誰より厳しい方でした」

と、目を細めた。

「棟梁は、ただ腕がいい職人ってだけじゃなかった。ああいうのを天才肌っていうんですかね。徒弟の頃から、親方がやってるのをちょいと見ればなんでもすぐできちまったんです。二、三回こなせば親方よりうまくやっちまう。弟子に自分よりいい仕事をされて、親方がだいぶ苦い顔をしてたのを覚えてますよ」

くくっと、遠山は顔中の皺を小鼻のあたりに集めて笑った。

「どんなややこしい注文でも、棟梁なら難なくやり遂げちまう。施主はもちろん、周りの職人もそりゃあ賞賛しますよ。けどね、棟梁の中ではまだまだ不満があるわけだ。もっとうまくできるんじゃねぇか、って高みを目指し続けたんです。きっと、あっしらには見えない世界が、棟梁には見えていたんでしょうね」

ただし人より遥かに抜きん出ていた分、他の職人に教えることは不得手だったという。

「そりゃそうですよ。人に教えるってのは、自分が苦労して技をものにするからでき

るんです。あそこでこうしとかないとしくじるぞ、ここでひと手間加えるとうまくいく、ってね。全部、てめぇがしくじったから人に伝えられることなんです。でも棟梁は、弟子たちがなにに躓いてるのかわからねぇ、なんでこんな簡単なこともできないのか、ってな具合でしょう。はじめは苛立って闇雲にどやしつけてましたよ。だけど、そうすっとどんどん人が辞めちまう。だってね、見て覚えろったって、棟梁は人並み外れた早業でしたから到底真似できねぇときてますから」

父はあるとき、おかしいのは周りではなく自分なのだ、と勘付いた。いかに腕がよくても、後に続く者を育てられなければ半人前だ、と。爾来、一度雇った者は終いまで面倒を見よう、温かく優しく接してともかく職人が育っていくまで根気強く関わろう――そう決めたらしい。もしかすると棟梁は孤独だったのかもしれねぇな、誰も踏み込めねぇ域まで行き着いちまった者の孤独ですよ、と遠山は遠い目をした。

職人がうまくできなかったり、しくじったりしたものは、父が黙ってやり直した。それを見た職人たちは恥じ入り、恐縮し、懸命に技を磨いた。「棟梁の手を借りずとも仕上げられる」ところを目指したのだ。首を切られることがないからこそ、迷惑掛けまい、恩に報いようと誰もが躍起になった。

「誰も、自分の技量にあぐらをかくような者はありませんでしたよ。あっしだって、棟梁に恥かかせまいと必死になって修練しましたからね」

父は別段、それを見越して雇用の形を決めたわけではなかったろう。ただ職人たちは、研鑽しなければ居づらくなることを肌で感じていた。結局は自分が損をするということを、知っていたのだ。

口ではなく己の態度で人の仕事をただすというのが、もっとも尊いことなのだ――。薬品会社に勤めていた頃、綾子もまた余計なことを言わず、黙々と為すべきことを為していた。ただ、鑿のひとつも振るえない今、それは叶わない。

春を待たずに綾子は、また喰い師を訪ねた。森崎のことはもう語らず、

「私の内にある理念は、まだ借り物のままでしょうか」

率直にそれだけを訊いた。彼はその澄んだ面を上げ、少しく考えるふうをした。

「……どうでしょう」

そっと視線を外し、細く息を吐き出した。

「それは私がお答えすることではありません。ただなににせよ、身を挺するということでしか、事は為し得ないのかもしれません」

「身を挺する、ですか」

「ええ。頭ではなく、最後は心のままに行うのが間違いないと申しましょうか」

「それは理知的とは言えませんね」

綾子の言葉に喰い師はわずかに目をたわめ、

「人の世ですから」

緩やかに頷いてみせた。

曖昧すぎる掛け合いに、不可解を背負ったまま事務所に戻ると、遠山が険しい面持ちで報せたのだ。

「また、森崎がやらかしました」

とうとう施主から苦情が入ったのだという。塗料の缶を張り替えたばかりの床に平気で置く、汚れた布きれや端材が作り付けの収納の奥に押し込んである、建具の寸法が違うことを伝えても「これで精一杯です」と返すだけでやり直そうともしない——職人としてあまりにお粗末ではないか、とかなり腹を立てているらしい。

綾子はすぐに森崎を呼んだ。子細を確かめると彼はまた答えを濁し、挙げ句、

「ずいぶん、細かいことにこだわる施主ですね」

と、笑ったのだった。傍らで訊いていた遠山がすぐに「おい」とたしなめたが、それより先に綾子の意は決してしまった。ひとつ息を吸い込むと、まっすぐ森崎を見据

えて言った。

「森崎さん。明日からもう、来ていただかなくて結構です。急なことですから、お給金は来月末までお出しします。それが、私のできる精一杯です」

森崎ばかりか、遠山までが虚を衝かれたふうに立ちすくんでいる。

「せ、先代が作った決めごとを破られるんですか」

それまで都合の悪いことはすべてのらりくらりとかわしてきた森崎が、途端に色めき立った。

「先代の遺志は継ぐつもりです。ただしそれは、先代の姿勢を見て、なにかしら学んだ職人に対してのみです。このままだと森崎さんの仕事によって、うちの他の職人の仕事まで疑われてしまうでしょう。私は、先代の築いた深見組を潰すことはできませんから」

お嬢さん、と遠山が昔の呼び名を口にした。戸惑った顔はしているが、留め立てする気はないようで、それ以上言は継がない。綾子は話を続けた。

「あなたは、上辺だけ繕っておけばいかようにも周囲をごまかせると思ったのでしょう。人が好さそうに振る舞えば、たいていのことはやり過ごせると算段したのかもしれません。それは、質の高い技を提供するという深見組の理念から大きく外れた行いです」

「でもっ、誰だって失敗くらいするでしょうっ」

歯を剝いて、目をつり上げ、顔を真っ赤にした森崎の姿は、虚しくなるほど見苦しかった。この男は、いったいなにを守ろうとしているのか。

「もちろん結果としてしくじることもあるでしょう。けれどそうなったとき、職人はけっして開き直ってもごまかしてもならないんです。いや、職人だけでなく、どんな仕事でも同じです。ごまかすことはなにも生みません。それどころか、自分まで見失ってしまう」

「なに言ってんだよ、あんたっ」

貧乏揺すりをしながら吐き捨てた森崎に、遠山が「お前」と唸った。それを綾子は片手で制す。言葉が通じていれば、この男はとうの昔に心を入れ替えたはずなのだ。

「その場は凌げても、職人としてのあなたは、自分の中にひとつの理念も、いえ、その芽さえも育むことができずにいるのです。それは大変な悲劇です。今ならまだ間に合うかもしれません。自らを立て直すためにも、外へ出たほうがいい」

淡々と続けると、森崎は急に目を潤ませ、喉仏を上下に動かしはじめた。

「僕だって深見組のためになればと必死でやってきましたよ。子供も生まれたっててのにここで放り出すんですか。一度は雇った職人にそんな無慈悲なことをするっていうんですか」

なるほど、恫喝（どうかつ）のあとは泣き落としか。綾子はもう相手にするのをよした。ただゆっくり笑んで、

「今までお疲れ様でした」

と、一切の感情を排して告げた。森崎の顔が赤さを通り越してどす黒くなる。爪（つめ）を噛（か）みつつ、綾子を睨め付けている。構わず綾子が立ち上がったとき、森崎が吐き捨てたのだ。

「伴侶（はんりょ）も子供もいねぇから、人の心がわからねぇんだっ」

遠山が森崎に摑（つか）み掛かろうとした。綾子は素早く二人の間に割って入り、まず遠山に、

「もう辞める人のために、手を汚す必要はありません」

と、言った。それから森崎に向き直った。

「人の心とおっしゃったけど、あなたの仕事にはひとつも心がなかったです。技も未熟でしたが、私にはそのほうが気に掛かりました。心のない方はどれだけ長く仕事をしても、芽は出ないと判じました。なんの努力もせず、できるだけ楽して、単に妻子

のために金を稼ぐ——そういう生き方を私は否定しません。ただ、うちにはいらない、ということです」

綾子は言い、軽く会釈をした。そうしてから、笑みを戻して付け足した。

「一応これは、私なりの優しさなんですけどね」

久しぶりに乾物屋を覗き、幼子を背負った安江と四方山話をするうちに、

「そういや、喰い師のところ、行ったのかい？」

と、訊かれた。

「うん……行くことは行った」

「で、どうだった？」

綾子はしばし腕組みをし、

「まぁ、もやもやしたものは消えるには消えたけど」

応えながらも、嫌な思いが一時消えたところで根源的な解決にはならないのだな、と改めて悟った。

「私はなんだかんだで、自分のやり方を通すことしかできなかった」

弱く笑んで見せると、安江は不可解そうな面持ちでこちらを覗き込んだ。

「なんで悔いるような顔をしてんのさ。自分のやり方を通せる場があるってのは、幸せなことなんだよ」

「ただの依怙地よ、こんなの」

するとと安江は大きくかぶりを振った。

「あんたが悩んで考えて手に入れたやり方なんだろう。だったらそれが本当なんだよ。それに勝るものはないんだ。だいたいあんたは気にしすぎだよ。人の気持ちを考えすぎ。あんたはひとりっきゃいないんだから、そうそういろんな人間の気持ちにゃなれないよ」

あっさり言われたとき、長らく胸の奥に押し込んでいたものが、静かに解き放たれていくような感覚を得た。

「じゃこをもらおうかな」

気持ちを切り替えて言った。安江が自信たっぷりに勧める。

「今日はいいのが入ってるよ。鰹節と炒めるとうまいよぉ」

「ううん。私は冷や奴にしそと一緒に載せて食べるのが好きなの」

綾子が返すや、安江はぷっと噴き出した。

「そら、その意気だ」

明るく励まされて、かえって心許なくなった。

「これからも私は、こうやって生きにくさを抱えていくのね」

それでもこのときは胸に曇りもなく、よくよく自分に問いかけても、喰い師に霧にしてもらうべきものが一欠片も見当たらないようなのが、綾子をかすかに慰めた。

鷺行町の朝生屋

一

昼過ぎから降りはじめた雨が、日が暮れると土砂降りになった。

恵子は最前から窓辺に佇んで、庭のあじさいが雨粒を一身に受ける様を見詰めている。小さな花びらは、雨の勢いにいかにもはじき飛ばされそうに可憐なのに、しかと身を寄せ合って揺るがず咲き続けている。

不意に侘しさに囚われて、そこから逃れようと呼吸を整えた。部屋に目を転ずる。夫婦ふたりきりの暮らしは、至って簡素だ。六畳の居間にはちゃぶ台と茶簞笥が置かれたきり。一階には台所ともう一部屋、本とレコードに埋め尽くされた夫の部屋がある。彼は夕飯が済むとひとりここに籠もって、蓄音機で音楽を聴きながら読書することを習慣としていた。二階には、寝室として使っている四畳半がひとつあるだけ。階段の上り下りは、恵子にとっては煩わしいだけだったが、夫は自分が二階家に住んでいることがいたく誇らしいようで、勤め先の同僚を家に招待した折など必ずそれを自慢する。とはいえ、ただの古びた借家だから、自慢されたほうは答えに窮するのだろう。

「羨ましいな。ここらじゃ二階家はまだ珍しいからな。それにうちは子供が小さいから、階段があると危ないだろう。当分平屋暮らしで我慢だ」

そんなふうにお茶を濁すのが常だった。

お子さんは、まだ？

周りからそう訊かれるようになって、七年が過ぎていた。義父母や親戚、近所の人まで、時と所を構わず、この無遠慮で無神経な質問を投げかける。結婚して二、三年目がもっとも苦しい時期で、焦りと申し訳なさとで、毎晩のように恵子は泣いた。夫はけれど取り立てて気にするふうもなく、変わらぬ朗らかさで妻に接した。

「こればっかりは授かりものだ。君が気に病むことじゃあない」

はじめは、優しい夫でよかった、と恵子は感謝したのだ。が、日を追うにつれ、なぜ私が慰められているのか、と不満が濃くなった。子を授からないのは、私だけのせいなのだろうか——。

恵子は今一度、あじさいを見詰める。

「家族」

と、小さな花弁の集まりに向けてつぶやいてみる。果たして自分は心から子を欲しているのだろうか。所帯を持てば子をなすのが当然という観念だけで、焦っていたようにも思う。いや、もしかすると、子をなせないという引け目が、かつてはあった母性を消し去ってしまったのかもしれない。

庭の垣根越し、街灯の明かりの中に、ふわっと傘が浮かび上がった。恵子は我に返って、急いで玄関へ迎えに出る。ほどなくして、磨り硝子(すガラス)の向こうに喪服姿の夫が映った。

恵子が三和土(たたき)に下りるよりわずかに早く引き戸が開いて、

「いやぁ、えらい降りだね」

喪服にとまった雨粒を手で払いながら夫が敷居をまたぐ。

「あっ。待って」

恵子は、下駄(げた)箱脇(わき)の小机に支度しておいた塩壺(しおつぼ)を手にとる。

「お清めの塩をまきますから、後ろをお向きになって」

「いけない。そうだった。君は相変わらず用意がいいな」

夫は三和土に置いた片足を、水たまりを避けるような格好で敷居の外に戻すと、軒下に佇んで素直に後ろを向けた。恵子のまいた塩が、黒の布地に無数の白点を描く。

「前を向いてください」

襟や肩の辺りにも、控えめに塩を掛ける。

「そんなに念を入れないでもいいよ」

夫は笑って肩や腕をザッと払うと、家に入った。塩壺を抱えて夫のあとに従った恵子は、三和土の濡れた靴跡に目を留めた。塩をまく前に踏み込んだ、敷居近くのひとつだけが妙に色濃く刻印されているように思え、おそるおそるその傍らに寄った。

「おい。着替えを頼む」

奥から放られた夫の声にびくりと身をよじり、恵子は後ろ髪を引かれながらも、二階へと階段を上がる。

夫の叔母が急逝し、その通夜に参列してきたのだった。家から電車で四駅も行く場所だし、おまえには遠縁の人だから俺ひとりで行くよ、と夫が言ったのはきっと、親戚の集まりに恵子が顔を出して、また子供について訊かれるのを忌んでのことだったろう。

「それがさ、驚いたよ。すごい人がいるもんだね」

通夜振る舞いの相伴に与ったから腹は減っていない、という夫に茶を淹れていると、彼は興奮の態で語り出した。てっきり故人の話かと思えば、遺影のことである。なんでも、素描で描かれたものだったらしい。

「遠目に見たとき、てっきり写真だと思ったんだ。額がだいぶ大きくてね、そうだな、玄関に飾っている君の刺繍画、あのくらいの大きさはあったかな。写真てのは、あんなに大きく引き伸ばせるものなんだな、と感心してね、拝んでさ、通夜振る舞いの席についたんだ。そしたら親父が、俺も遺影は朝生さんに描いてもらおうかな、と言い出したから驚いたわけだ」

　朝生、というのが遺影を描いた画家の名だった。省線の終点がある鷺行町で看板を出している。屋号は朝生屋。手伝いも置かず、ひとりで仕事をしているせいか、ひどく素っ気ない屋号である。おそらくは硬筆で描いているのだろうが、陰影が濃く、恐ろしく立体的で、写真のように精巧だった。いや、写真以上にその人の生きた姿を映していた——夫は頬を紅潮させてそう語るのだ。

「写真をもとに描くのかしら。それにしても遺影だもの、亡くなるだいぶ前から頼んでおくわけじゃあないのでしょう？　訃報が届いてから描くのよね？」

訊いた恵子に、

「そういや、そうだな」

と、夫は顎を揉んだ。

「となると、一日二日で仕上げるわけか。とてもそうとは思えなかったよ。髪の一本一本まで、そりゃあ細かに描き込んであるんだぜ」

夫はおおらかというか大雑把な質で、細かいことにあまり気付かないからだろう、日頃、人を貶すこともなければ、特段褒めることもしない。それだけに、感激も露わな彼の様を目の当たりにして、恵子は朝生という描き手に興味が湧いた。

恵子も、刺繍画を趣味としている。女学校に通っていた頃、同級生に初めて刺し子の出来を褒められたことが、きっかけだった。目鼻立ちも地味、勉強も平均点、大勢の輪に入ることがなにより苦手だったから、活発な同級生からなるべく隔てを置いて、誰にも見つからないよう息を殺していたのが学生時代の恵子だった。女学校に上がってはじめての手芸の授業で作った幾何学模様の刺し子を、級友の綾子に褒められたときも、だから、うれしさより戸惑いが先に立ったのだ。

「あなた、とんでもない才があるわよ。将来は、この道を究めなさいな」

綾子は学校で一、二を争うほど成績優秀で、容姿も端麗、けれどそれを鼻に掛けることなく、誰とでも分け隔てなく付き合う生徒だった。正義感が強く、裏表もなく、違うと思えば教師に対しても意見する勇ましさも持ち合わせていた。もちろん他人に対して追従や中傷を口にすることもなかった。その綾子に褒められたことは、くすんでいた恵子の日々を思いがけない明るさで照らしたのだ。

未だに、同窓で集まったときなど、綾子は必ず訊いてくる。

「手芸は続けている？」

たいていの級友が、「お子さんは？」と、興味と優越感を宿した上目遣いで探りを入れてくる中で、綾子だけは恵子という個人の才を心に置いてくれているのだ。

「なんだか、生き返ったみたいだったな」

夫の声で我に返る。彼は、お茶請けにと出した浅漬けのキュウリを食みながら、遠い目をしていた。恵子はお茶をつぎ足しつつ、首を傾げる。

「いや、叔母さんさ。遺影を見てるうちにさ、今にも額の中から出てきそうで、なんだか奇妙な心地だったよ。叔父さんなんざ、この遺影があれば寂しくないとまで言うんだぜ」

そんなに素晴らしい画なら私も伺うんだったわ、と言いかけて、不謹慎だと口をつぐんだ。

「そう。叔父様のお気持ちが少しでも慰められたのなら、よかったわ」

上滑りな悔やみは、自分の声であるのにひどく遠くから聞こえてくるようだった。

二

梅雨の晴れ間の太陽は、どうして こうも神々（こうごう）しいのだろう。

恵子は朝早く起き出し、溜（た）まった洗濯物を片っ端から洗い、二階の物干しに広げていった。浴衣（ゆかた）や敷布が渡る風に心地よさげに泳ぐ様を見ていると、わけもなく幸せな心地になる。

物干しの手すりに頰杖（ほおづえ）をついて、うっとり息を吐き出したとき、

「うー、ニャーニャー」

と、どこからか声が聞こえてきた。猫の鳴き声を模してはいるが、子供の声だ。どこにいるのだろう、と恵子はあたりを見渡す。両隣もお向かいも住人は老夫婦で、近所に小さな子はいない。

そのとき、小径（こみち）に面した庭の生け垣ががさごそと揺れはじめた。垣根の隙間（すきま）から飛び出してきたのは、しょっちゅう庭にやってくる野良（のら）の三毛猫で、

――なんだ、ほんとに猫だったのね。

恵子は首をすくめる。三毛は凄まじい速さで庭を横切り、隣家との境の塀をひらりと乗り越えて姿を消した。猫の鳴き声を子供のものと聞いてしまった自分に、理由の定かではない苛立ちを覚えたとき、また小径側の生け垣が揺れた。

「あっ」

と、恵子が声をあげたのは、枝の隙間から現れたのが小さな男の子だったからだ。

「ニャーニャー。待ってー。戻ってきて」

歌うように呼びながら、男の子は庭を縦横無尽に駆け回る。耳の上で切りそろえられたさらさらの髪、白い開襟シャツに紺色の半ズボン、足には下駄をつっかけている。

恵子は動じながらも、物干しから声を掛けた。

「勝手に入っちゃダメよ」

言ってしまってから、拒むような物言いだったろうか、と省み、すぐに、

「危ないからダメよ」

と、言い直した。庭は十坪ほどとさして広くはないのだが、恵子が丹精した花々に彩られ、生け垣に額装された一枚の絵のようだ、と夫も珍しく褒めてくれているのだ。

声の在処を探しているのか、男の子はしばらく辺りを見回していた。ようよう視線を上に向け、そこに恵子を見付けると、目と口をまん丸な形にした。

「そんな高いところに、どうやって登ったの？」

庭の真ん中で立ち止まって、彼はまっすぐ訊いてくる。

整った顔立ちの子供だった。黒目がちの目は大きく、女の子のように色が白い。商店街の路地でよく遊んでいる、いがぐり頭に泥だらけの服、あちこちにかさぶたを作った、見るからに腕白そうな少年たちとは放っているものがまるで違う。彼らであれば、庭に入ったことを咎められた途端、あかんべーのひとつでもして逃げ去るだろう。けれど男の子は、妙に清らかで、混じりけない好奇に満ちた瞳で、不思議そうにこちらを見詰めているのだ。

恵子は仕方なく、物干しを下りて階段へ向かった。二階の寝室前を通ると、夫の鼾が聞こえてきた。休日はたいがいこうして、昼近くまで寝ている。恵子は音を立てないように一階に降り、居間の縁側から顔を出した。物干しにいたはずの者が急に近くに現れて驚いたのかもしれない、男の子は小さく飛び上がって、猫さながらのすばしこさで、入ってきた生け垣の隙間から出て行ってしまった。

「……なんだ。行っちゃった」

恵子は拍子抜けして、縁側に座り込む。しばらくぼんやりしていたが、日がきつく射し込んできたのを見付けて、簾を降ろさなくちゃ、と腰を上げた。と、再び生け垣ががさごそと揺れはじめたのだ。

枝を分けて、小さな手がまず現れた。やがて葉っぱの間から、あの黒曜石のように光る瞳が覗いた。恵子と目が合うと男の子は、思い切ったふうに生け垣をすり抜け、庭の真ん中まで走って「気をつけ」の格好をした。

「ゆうた、といいます。四歳です」

唐突に名乗ると、ぺこりと頭を下げた。子供の動きに合わせて、髪の毛が揺れる。それは、洗濯物が風になびく様に似た心地よさを、恵子に与えた。

「猫がいたんだよ。ここのお庭に入っていったの。でもね、追いかけたら逃げちゃった」

無断で庭に入った言い訳をしているふうではなかった。こんなことがあったんだよ、と誰かに言いたくてたまらない様子であるのは、子供と接した機会がないに等しい恵子にも十二分に察せられた。初対面の相手に対してきちんと名を名乗る礼儀正しさも、可愛らしく好もしかった。

「そう。野良ちゃん、びっくりしちゃったのかしら。今度会ったら仲良くなれるといいわね」

そう返すと、ゆうたは顔一杯に笑みを湛えて勢いよく頷いた。

「あのね、あそこにどうやって登ったの？」

彼は手を伸ばして物干しを指し示す。

「どうって……階段で上ったのよ」

すると彼は忙しなく視線をさまよわせながら訊いた。

「どこに階段があるの？」

「おうちの中にあるのよ」

恵子は手招きをした。ゆうたが、ちょこちょこと走って近づいてくる。

「ほら、あすこにあるでしょ」

縁側からは座敷の引き戸越しに廊下、その先の階段まで見える。ゆうたは縁側に手を突き、伸び上がって家の中を覗き込んで恵子の指さす先に階段を見付けると、「わぁっ」と、まるで手品にでも出くわしたような声をあげた。

「あの階段、上ってみてもいい？」

訊いた顔があまりにも期待に満ちていて、恵子はつい「どうぞ」と言ってしまう。ゆうたは沓脱ぎにしている庭石の上で下駄を脱ぎ、ぽんと跳ねて家に上がった。物珍しげに座敷のあちこちを眺めていたと思ったら、

「これはなぁに？」

と、違い棚に飾ってある置物を指し、こちらが答える前に今度はちゃぶ台の上の団扇を手にして、

「涼しい？」

と、恵子に風を送る。子供というのは、これほど休みなく動くものだろうか、と呆気にとられながらも、部屋中を駆け回るゆうたのあとについていく。

「階段、上っていい？」

彼は今一度確かめ、恵子が頷くのを待って、階段の下まで飛んでいった。

「危ないから、ゆっくり上って」

一段一段よじ登るようにして二階へ向かうゆうたが落ちないように、恵子は両腕を広げてすぐ後ろに従う。

——四歳というのは、こんなに華奢で小さなものなのかしら。

時間をかけて階段を上りきると、ゆうたは「ふう」と息をつき、ひと仕事やり終えた勤め人のように額の汗を手の甲で拭った。その仕草があまりに滑稽で、恵子はつい笑みを漏らす。

「さっきの高いところはどこ？」

「物干しね。こっちよ」

駆け出そうとしたゆうたの手を、恵子はとっさにとった。勢い余って物干しから落ちるようなことがあったら大変だ。子供の掌は、ふわふわと柔らかく、少し冷たくて、今にも消えてしまいそうに儚げだった。まるで淡雪みたいだ、と恵子は思う。

廊下の突き当たり、物干しに出る窓の前に立つと、ゆうたは言った。

「お空に行く台だね」

詩的な表現に、恵子は目を瞠る。晴天の空は、なるほど、すぐそこまで迫って見える。

「上がってもいい？」

庭に入るときは猫のようだったけれど、家に上がってからのゆうたはやけに慎重だった。勝手に部屋に入ったり、断りもなしに戸や引き出しを開けたりすることもしない。新たな場所に移るときには、必ず恵子に諒承をとった。それは自分をきちんと名乗ったことに似た律儀さで、いっそうの愛らしさを感じさせる所作だった。

「おばちゃんと一緒に上がろうね」

危ないから、と子供を抱きかかえる。ゆうたは素直に、恵子の首に手を回す。葛湯のような甘い香りが鼻腔をくすぐった。小さな体が腕の中にある不安と昂揚に満たされながら物干しに出ると、「わぁ」とゆうたは伸び上がった。

「遠くまで見える。お庭も全部見える」

そうして、恵子に振り向いて言った。

「魔法の台だね」

そうね、と微笑むと、ゆうたは恵子にすっかり身を預けてきた。たまらずその小さな体を抱きしめたのは、もしかしたら恵子の心ではなく、本能によるものだったのかもしれない。

「おい」

背後に夫の声を聞き、振り向くと、寝間着姿で髪に大袈裟な寝癖をつけた彼が、怪訝な目をこちらに向けていた。

「さっきから妙な声がしてると思ったら……。どこの子だね」

訊かれてようよう恵子は、この子について、ゆうたという名前しか知らないことに気付く。彼女は応える代わりに物干しから下りて、抱きかかえていた子供に訊いた。

「あのね、ゆうたくん。おうちはどこ？　急にいなくなったら、お母さん心配するわよ」

なんだ、知り合いの子じゃないのか、と夫が呆れ声を出した。ゆうたは少し戸惑った様子で右に左に首を傾げていたが、やがて言った。

「あのね、僕、お爺さんの家にいるの。お爺さんがしばらく預かってくれるんだって。お母さんのおうちはどこだったかな」

恵子は夫と顔を見合わせた。

「じゃあ、その、お爺さんのおうちはどこだい？」

夫が訊く。

「あっちへ行ってね、曲がって、真っ直ぐ行ったとこ」

ゆうたは西の方角を指したが、町名も番地も覚えていないようだった。

「困ったな。なんで家に上げたんだ。人さらいになっちまうぜ」

子供ひとりがいなくなったら、確かにそれは大騒ぎになるだろう。家がわかれば連れて行くが、ゆうたが道を覚えているか定かではなく、もちろんひとりで帰すわけにもいかない。活発な子だから、また寄り道して妙なところに迷い込んでしまうに違いない。

「どうしましょう……」

「少し表を見てくるよ。ご家族が探しているかもしれない。子供の足だ、そんなに遠くまでは来ちゃいないだろう」

夫は言うと、綿のシャツを羽織ってあたふたと出ていった。

「あのね、おうちの中を探検してもいい？」

ゆうたは、大人たちの動揺などどこ吹く風で、恵子の腕の中で身を揺すった。恵子は頷き、ゆうたを降ろす。夫には悪いと思ったが、思いがけず子供になつかれて、無条件に気持ちが躍っているのだった。

「そしたら、一部屋一部屋、ご案内するわね」

おどけると、ゆうたは嬉しさが体の中を這いずり回っているかのように身をくねらせた。

ここは寝る部屋。窓から見える夕日がきれいなのよ。ここは、私と旦那さんが仲良くご飯を食べるところ。さっきゆうた君が上がってきた縁側から、庭を眺めてのんびりするのよ。隣にあるのが、お台所。お台所の奥は、お風呂。お風呂の窓は外に向けて開く洋風窓で、とっても気に入っているんだけど、建て付けが悪いみたいで閉めるとき力がいって大変なの。階段の横はお手洗い。その向こうは、おじさんの趣味のお部屋。

「趣味ってなぁに？」

「うーん、そうね。とっても楽しいこと、かな」

「かくれんぼみたいなこと？」

ゆうたの言葉に、夫がかくれんぼをする姿を想像してしまい、恵子は小さく噴き出した。ゆうたがますます首を傾げる。

「ゆうた君は、かくれんぼが一番好きなの？」

「うん。でも、虫取りも好きだし、めんこも楽しい」

「そう。そういう好きなものをたくさん集めたのが、このお部屋よ。ここはおじさんの大事な場所なの」

入口でそう説明し、手を引いて入ろうとすると、ゆうたは急に身をこわばらせて立ち尽くした。

「どうしたの？」

「おじさんの大事な場所なら、入らない。入っちゃいけないでしょ？」

「どうして？」

ゆうたは言葉を探すふうに身を揺らす。

「前にね、お母さんの大事なお部屋に勝手に入って叱られたの。すごく叱られたの。だから、誰かの大事にしているお部屋には入らないことにしてるの」

「大事なお部屋？　お母さんの？」

水を遣らずにいた植木が萎れていくように、ゆうたはうなだれた。不思議に思って

その顔を覗き込んだとき、玄関の戸がガラリと開いて、

「やっぱり探してらしたぞ」

額に汗粒を浮かべた夫が声を放った。後ろには、年老いた紳士が立っている。この暑いのに古びた黒い背広を着込み、黒の山高帽までかぶっている。ひどく瘦せた老爺だ。長く伸ばした白い髭が頼りなく風に揺れていた。

「帰るぞ」

老人は恵子を一顧だにせずそれだけ言って、枯れ枝のような手をゆうたに伸ばした。手の甲に浮かんだ静脈が根深い怒りを孕んでいるように思え、恵子はそっと、ゆうたの手を離す。勝手にお預かりしてしまって申し訳ありません、と詫びるべきだろうか、でも、ここにまぎれ込んできたのは子供のほうなのだ、と躊躇していると、

「まだ探検が終わってないの」

と、ゆうたが駄々をこねた。

「だめだ。他所様のお宅だ」

老人の声は地鳴りに似た不穏な響きを持っている。ゆうたは一瞬で生気を吸い取られたようになり、「うん」と力ない返事をすると、縁側へと走って行った。

「あの、あちらで履物を脱いだものですから」

断った恵子に、老人はうんともすんとも言わず、目も合わさない。少しばかり不快だったが構わずに、恵子はゆうたを追って縁側に膝(ひざ)を突いた。

「遊びにきてくれてありがとう」

老人の様子を見るだに、また来てね、とは言い難かった。ゆうたが髪を揺らしてこちらに向く。瞳の中に幾多の光の粒が見えた。

「ありがとう、って言ってくれたの？　僕に？」

「そうよ。おばさん、楽しかったもの」

顔がみるみる華やいでいった。下駄を履いたゆうたはその場で幾度も飛び跳ね、

「ありがとう、だって」と、言ったこちらが恥ずかしくなるほどはしゃいだ。恵子はたまらずゆうたを抱きしめる。さらさらの髪が、頰を撫(な)でた。

「さ。お爺さまがお待ちよ。早く行かないと」

振り切るように立ち上がり、ゆうたの手を取って庭から玄関に回った。老人に手渡すとき、ゆうたは「じゃあね」と大きく手を振った。けれど老人に手を引かれて門を出ると、ここで起きたことはもうすっかり忘れでもしたように、一度もこちらに振り向くことなく、上機嫌に歌など歌いながら遠ざかっていった。

それは、救いようのない寂寥だった。

恵子は毎日、ゆうたを抱きしめたときの感触を思い起こしながら、ぼんやりと溜息をついている。

「たった小一時間、ここにいただけの子じゃないか」

夫が笑うのも当然で、恵子自身、なぜあの子が忘れられず、身を裂かれるような喪失感に苦しんでいるのか、不思議で仕方がないのだった。

夫が勤めに出て、ひとりで家にいる間なぞ、四六時中ゆうたのことを考えてしまう。残り物で昼ご飯を支度しながら、今頃ゆうたはなにを食べているのだろう、と想像し、買い物に出て本屋に寄れば、おのずと絵本を選んでいる。道端でかくれんぼをしている子供たちがいれば、その中にゆうたがいないかと目を凝らし、通りかかった家の中から子供の声がすれば、しばらく立ち止まってそれがゆうたの声ではないか確かめる。

――ちゃんと、家の場所を訊いておけばよかった。

詳しい素性を訊かず、すんなり老人に手渡してしまった後悔が、日増しに強くなる。夫も、老人と出会って家に連れてくる間、住所を訊くことはしなかったという。ただ、この辺りじゃあ見かけない人だったね、とゆうたを帰してしまってから、ぽつりと口にしただけだった。

「ほんとに、あの子のお爺さんだったのかしら」

夕飯の折、ゆうたの話が出ると、おのずと夫を責めるような口調になった。

「先に向こうが、『ゆうた、という子を探してる』と言ったからね。名前を知っていたんだから、間違いないさ。それにあの子だって、別段嫌がらずに、あの爺さんと一緒に帰っていったじゃないか」

夫は、ささくれだった恵子の言葉を気にするふうもなく暢気に応え、それがまた恵子を苛立たせた。

「あの子、お爺さんの家に預けられている、って言ってたわ。きっと事情があるのよ。もしかしたら、酷い親御さんなのかもしれない。あの子に折檻するような。そういえば叱られた、って言ってたもの」

「考えすぎだよ。里帰りかなにかで親戚の家に遊びに来ていただけかもしれないだろう」

「やっぱり、お住まいの場所を訊けばよかったわ」

「わかったところで、訪ねていくのも妙だろう」

「せめて苗字を訊けばよかった。そしたら、表札で見付けられたかもしれないのに」

夫が箸を動かす手を止めて、肩をすくめた。

「どうかしてるぜ。他所の子じゃあないか」

まったくその通りだった。ほんのわずかな時間、一緒にいただけの、自分とはまるで縁のない子なのだ。頭ではわかっているのに、恵子は無性に切なかった。これまで体の奥底に眠っていた、恵子自身も気付かなかった母性が突然溢れ出したのかもしれない。生き別れた実子を想い続けるような寄る辺なさに囚われ、ひと月が過ぎた頃には、子供の遊ぶ声を聞くだけで、涙が出てくる始末だった。

三

梅雨が明け、日差しが容赦なく庭の草木を焼く日が続いている。

洗濯物が干していくはしから乾くのはすがすがしく、恵子は家中ひっくり返して洗い物を探して回る。ついでに念入りに掃除もしようと居間と寝室を片付け、酢水で畳の雑巾がけをした。夫の部屋は、どこになにがあるかわからなくなるから掃除は自分でする、と普段から言われているものの、掃き掃除と水拭きくらいは、と畳の上に積まれた本や新聞を一旦すべて廊下に出した。

雑に重ねただけの新聞の束は抱えた途端あっさり崩れてしまい、恵子は肩を落とす。

「こまめに古新聞に出して、ってお願いしてるのに」

ひとり小言を言いながら散乱した新聞紙を拾い集めていたとき、地域版の小さな見出しが目に留まった。

〈四歳児　物干しから転落死〉

恵子は中腰のまま、身をすくめた。

「まさか……ね」

つぶやいて、大きく息を吸う。続きを読もうとして一旦やめ、けれどその場に腰を下ろすと、意を決して新聞に目を落とした。額の生え際にじっとり汗が滲む。

〈昨日午後四時頃、鷺行町、青木和子さんの長男・優太君（四歳）が、民家の物干しから転落した。すぐに病院に運ばれたが、頭を強く打っており死亡。優太君は、母親が目を離した隙に、近所の家の外階段を伝い、物干しに登った模様。この家の住人が気付いて、注意したところ、逃げようとして転落したと見られる〉

「優太……四歳」

恵子はしばし腑が抜けたようにしゃがみ込んでいたが、突然乱暴に新聞をひっくり返すと日付を確かめた。

「今年の、五月十二日。五月十二日の一日前だから」

言いながら弾かれたように立ち上がり、居間の小引き出しから帳面を取り出した。恵子が、その日起きたことを二、三行で書き留めている帳面だった。五月からの日にちを、急いで指で追っていく。

〈六月十三日。ゆうた君、やってくる。〉

記述を見付けて、恵子はへなへなとその場にくずおれた。

「そうよ。そうよね。違う子だわ」

恵子は帳面を閉じ、窓から空を仰いだ。安堵に包まれながら青空を見詰めるうち、鼓膜に甦った声があった。

お空に行く台だね——。

不安が、身の内に滲んでいく。

「まさか。違う子よ。だって、あの子がここへ来たのは六月なんだもの」

自分に言い聞かせるように声を張った。

「絶対に、違う子よ」

夫には、記事のことは言わなかった。いい加減にしないか、と叱られるのが関の山だからだ。夕飯が済んで自分の部屋に入った夫に、

「部屋、片付けてくれたんだな。でも、自分でやるからいいよ。俺にはあれでも、どこになにがあるか、わかってるんだぜ」

と、迷惑顔を隠さず言われたときも、「すみません」と謝るだけにした。夫は、あの記事に気付いたのだろうか。一瞬でも、息を詰めたろうか。恵子がゆうたのことを話に出さなくなって半月近くになるから、もうあの子のことなど忘れてしまったろうか。

――青木優太……どんな子なんだろう。

一向に頭から離れない心懸かりを持て余していた恵子は、寝床に入った刹那、ふと、件の画家のことを思い出した。あの、遺影を描く画家だ。

「ねぇ、あなたの叔母様の遺影を描かれた方は、鷺行町にいらっしゃるのよね」

一日中眼鏡を乗せているせいで、窪んでしまった鼻の付け根を手で揉んでいた夫は薄目を開け、

「なんだい、藪から棒に」

と、笑った。

「このところ、君の話は突拍子もないものが多いね。そうだよ、鷺行町だ。しかしよしてくれよ。寝しなに遺影の話なんざ」

スタンドを消して間もなく響いてきた夫の寝息を聞きながら、恵子はまんじりともせず天井を見詰めている。朝生屋、という屋号だった。省線の終着駅からすぐだと言っていた。きっと、鷺行町に行けばすぐに場所は知れる――。

翌朝、出勤する夫を見送ってひと通りの家事を終えると、恵子はいそいそと支度をし、戸締まりをして省線の駅まで走った。朝生屋に訊いたところで、わかることではないかもしれない。だいいち、確かめる必要のないことを確かめにいくのだ。自分でも呆れたし、不謹慎だと胸も痛んだ。あのゆうたではないことを自分が気の済むまで追及したところで、青木優太という四歳の子供が亡くなったことは事実なのに。

恵子は景色も見ずに、うなだれたまま電車に揺られた。終着駅に着いても、ぞろぞろと降りていく他の乗客を横目に、なかなか座席から立ち上がれなかった。勝手で無慈悲な自分の行いへの罪の意識が渦巻いている。それでも最後は我欲が勝って、重い腰を上げたのだ。

駅員に訊くと、

「ああ、朝生さんね」

と、あっさり道筋を示してくれた。駅前で菓子折を求め、教えられた道を行く。

「朝生屋」の看板は、ほんの十分ほど歩いたところで見つかった。格子戸には磨り硝子がはまっており、中はよく見えない。人はいるらしく、薄く灯りが透けている。恵子はしばし、その場に佇んで逡巡した。

——でも、せっかくここまで来たんだもの。

ひとつ深呼吸してから、格子戸をそっと開けた。

「ごめんください」

インキの匂いが、つんと鼻をついた。戸口を入ったところの土間には額縁や画材が積まれている。沓脱ぎの先は広い板の間になっていて、奥に灯った小さな灯りの下に、机に向かっている男の背中が見えた。猛暑であるのに紺のネルを着ているのは、汚れを気にせず仕事をするためだろうか。

「どなたか、亡くなりましたか」

男が、こちらに振り向くことなく静かに訊いた。存外若い声だ。

「いいえ。あの、遺影のお願いでお訪ねしたわけではないのですが……」

「あの爺さんに差し向けられたかい。だったら帰っていただきたいね」

先刻と異なり、ひどく険を帯びた声を投げて寄越す。

「え？　爺さん……？」

怯みながらも反復したとき、男がようやくこちらに向いた。

頰が瘦け、顔色は青白く、目の下には墨で描いたような隈ができている。ぼんやり灯った白熱灯の下で見ると、ふと冥界の者ではないか、とそんな気さえして、恵子の首筋はぞっと唸った。小さな蛾が、鱗粉をまき散らしながら男の頭上を旋回している。

「いや。爺さんの使いじゃないんならいいんだ。すみません。で、なんの御用ですか」

男は少しく口調を和らげたが、用心深く恵子の上から下までを鋭い目付きでなぞっている。恵子は、話をしかけたが、抱えていた菓子折に気付いて、「あ、これ。つまらないものですが」と、板の間に置いた。男は目だけの会釈をして、「どうぞ、お座りになって」と、板の間の縁を指さした。恵子はそこに浅く腰掛け、

「つかぬことをお伺いしますが」

と、切り出した。

「五月の十一日頃、幼い男の子の遺影をお描きになりませんでしたか」

男は束の間訝しげに恵子を見遣り、けれど、どうしてそれを知りたいのか、と理由を問うことはせず、「どうだったかな」とつぶやくと、机の傍らに置かれている四隅がぼろぼろに擦り切れた帳面をめくりはじめた。

程なくして男の手が止まり、言った。

「これかな。青木優太、というお名前ですか」

恵子の首筋が、強く絞められたようになった。やっぱり、ここで描いていたのだ。

「あの、そのお子さんの遺影はこちらには……」

「もうないですよ。お渡ししたら、私の仕事は終わり。そのまま差し上げますのでね」

「でしたら、どんなお子さんだったか、特徴を覚えてらっしゃいませんか？」

男は「いやぁ」とうめいて、頭を掻(か)いた。灯りの中に頭垢(ふけ)が舞う。

「もう三月(みつき)も前ですからねぇ。毎日ひとり、ふたりと描いていますから、すべては覚えていられませんよ。それに、私は描き上げたらすぐ忘れるようにしているんです。亡くなった方ですからね。いつまでも面影に引っ張られるのは、どうも辛(つら)くてね」

「でしたら、その子のご両親のご住所かなにか、おわかりになりますか」

食い下がってしまってから、家にまで押しかけて私は何を確かめたいのだろう、と自らに怖気(おぞけ)立った。子を亡くしたばかりの親の前で、安堵の息でもつこうというのか――。

「いや、住所もね、ここに取りにいらしたときに御代はいただきますから、いちいち訊(き)かないんですよ。先様も、とてもあれこれお話できるようなご様子じゃあないことが多いですからね。ただ……」

　恵子は身を乗り出す。

「ただ……なんです？」

「母ひとり子ひとりのお宅だったようですね。葬儀社の人がそう言ってたな。だいぶ葬儀代をケチられたって愚痴でしたがね。なんでも、家でお客をとっていたそうですよ、その母親」

「……お客、ですか？」

　聞き返すと、男は言葉を濁した。恵子はそれで察して、口をつぐんでうなだれた。

「そのお子さん、部屋に入っちゃいけないと言われてたんじゃないかな。家にはいられないから、ひとりでほうぼう歩き回るうちに」

　男はそこまで言ってかぶりを振り、

「よそう。そういうことを考えるのは。あんまり情を入れてしまうと、画が起きちまう」

　と、声を低く波打たせながら、奇妙なことをつぶやいた。眉をひそめた恵子に、

「爺さんにね、さっき私が口にした爺さんに、怒られるんですよ。あっちに渡らないで、画をまとって魂が生き直しちまうんだって。それを捕まえにいくのが難儀なんだ

って」

この人は、なにを言い出したのだろう、と恵子は戸惑う。その側から、総身が勝手に粟立っていく。

「まぁね、爺さんの戯言だとは思うんだけどね」

男は幾分明るく口調を変えた。

「よく、ここに来るんですよ。古びた黒い背広を着た爺さんが。でね、『あんたの画は魂を宿しちまうから、あまり描くな』と、こうさ。おおかた写真屋か、他の遺影画家の嫌がらせなんだろうが、再々仕事の邪魔をされて腹立たしくてね。やりきれないから最近は、私の画の出来がいいって褒め言葉だととって、気にしないようにしてるんですがね」

鷺行町で「青木優太」の家を探すことはよした。そんなことをしても詮無いし、そもそもゆうたがうちに遊びに来たのは、青木優太が亡くなったひと月もあとなのだ、あのゆうたであるはずがない、と自分に言い聞かせた。

電車で引き返して最寄りの駅に辿り着く頃には、朝生屋のことは胸の奥底に沈めて、蓋をした。自分を縛っていた憶測が、ひどくくだらなく感じられる。あの子は、生きている。今は「お爺さんの家」から、両親の住む家に帰ってしまったかもしれないけれど、そこで元気に過ごしている。

駅を降りて、馴染みの商店街に急ぎ足で向かった。空が、茜に染まっている。急いで夕飯の支度をしないと、夫が帰ってきてしまう。胡麻和えにするつる菜と煮浸しにする茄子を買い、急ぎ足で家路を辿る。いつもは大通りを行くが、近道だからと神社の境内を突っ切ることにした。息を切らして石段を上がる。もう薄闇が辺りを覆っている。秋が近くなると、一気に日が短くなる。鬱然と茂った杜に踏み入ると、ひんやりした空気に身を包まれた。いつもの買い物籠ではなく、ハンドバッグに折りたたんで入れて持ってきた小さな布袋に野菜を詰め込んでいるせいか、どうにも収まりが悪い。立ち止まって布袋を持ち替えたとき、お堂脇の茂みが大きな音を立てて揺れた。

なにか、いる。

恵子は、身を硬くする。野良犬だったらどうやって逃げよう、と張り詰めて佇んでいると、葉の隙間から小さな手がぬっと出てきたから息を呑んだ。やがてさらさらとした髪の毛が、茂みをすり抜けてきた。

「見ーつけたっ」

声とともにぽんと飛び出してくる。恵子は目を瞠り、と同時に、総身から一気に力が抜けた。

ゆうただ。

――よかった、生きていたのね。

嬉しさのあまり喉が震え、涙まで出そうになったが、それは表情に出さず、なんとか平静を保って声を掛ける。

「こんばんは、ゆうた君。久しぶりね。ここでよく遊んでるの？」

ゆうたは髪を左右に揺らしながら、音もなく近づいてくる。

「うん。かくれんぼしてるの」

恵子は辺りを見回す。子供はおろか、誰の姿もない。

「お友達はもう帰っちゃったんじゃないかしら。暗いから、ゆうた君も早く帰らないと。おうちはどこ？ 送っていくわ」

ゆうたはけれど、首を傾げたきりで応えない。最前と変わらない、屈託ない笑みを浮かべている。

「あのね、おうち。どのお部屋も入っていい、って言ったでしょ？」

「あ、うちのこと？ ええ。入っちゃいけない部屋はないけれど……それがどうかしたの？」

「僕は、そういうおうちに住みたかったの」

恵子は言葉に詰まる。ゆうた君のおうちはそうじゃあないの？ とは、なぜか聞きづらかった。

「僕ね、ここの子になればよかったな、って思ったの」

つぶらな瞳で見上げられ、恵子の内に愛おしさが溢れ出した。このまま連れて帰りたい、うちの子にしてしまいたい——感情よりも理性が勝るいつもの自分とは程遠い、馬鹿げた欲求に囚われていく。それは、渇望と言い換えられるような、あまりに強く厄介な希求だった。

恵子はゆうたに手を差し伸べる。頭を撫でると、絹糸のような髪の毛が指の股をすり抜けていった。

「でも、ゆうた君にはお父さんやお母さんがいらっしゃるでしょ。今日は帰らないといけないわ」

買い物袋を強く握りしめることで、恵子はかろうじて我欲を押し殺す。ゆうたが、力なくうなだれた。

「みんな、そう言うの。誰も、僕を、入れてくれないの。僕を嫌いだからかな」

「そんなことないわよ。おばちゃん、ゆうた君のこと、とても好きよ」

するとゆうたは顔を上げ、口を真横に広げて笑った。遠くでお寺の鐘が鳴っている。闇が、ゆうたを足下から取り込んでいく。

「今日は戻るね。お爺さんに叱られちゃう。でも、また遊びにいっていい？」

「ええ。もちろんよ。いつでもいらっしゃい」

頷くと、ゆうたも勢いよく髪を揺らして頷き、踵を返した。

「あっ。どこへ行くの。おばちゃん、送っていくから」

慌てて声を掛けた恵子には応えず、ゆうたはまたたく間に、最前現れた茂みの中に消えてしまった。

四

神社の境内で再び出会ってからというもの、恵子はゆうたが訪ねてくるのを心待ちにしていたが、彼はあれきり姿を見せない。秋の長雨のせいであまり表で遊ばなくなったのかもしれない。

暮れ方、恨めしげに雨空を見上げていると、夫が蒼白な顔で帰ってきた。

「叔母さんがさ、家にいたって言うんだよ」

開口一番、首をすくめて言った。この日夫は勤めの帰りに、叔父の家に寄ったのだった。

「家にいたって……。六月に亡くなった叔母様が？」

夫が語るところによれば、叔父が夜中に物音を聞いて台所に行くと、亡くなったはずの叔母が菜っ葉を刻んでいたという。叔父は当然腰を抜かしたが、叔母は生きていた頃と変わらぬ様子で、

「今日のお味噌汁の具は、小松菜とお豆腐ですよ」

と、叔父に向かって微笑んだらしい。

「そのとき、玄関の呼び鈴が鳴ったそうだ。こんな夜中に誰だろうと出たら痩せこけた老人で、黙って叔母さんを連れて帰ったって言うんだ」

どうせ夜中に寝ぼけたんだろう、と夫は最初笑ったらしいが、作りかけの味噌汁がそのまま残っているのを見せられて背筋が冷えたのだ、と身を震わせた。

「叔父貴は一切料理をしなくてね、今は、昼間のうちに娘に来てもらって、作り置いてもらっているんだ。それにさ、刻みかけの菜っ葉が乗ったまな板を見たら、叔父の話が疑いようもない気がしてね」

「菜っ葉で？　どうして叔母様だとわかるの？」

夫はこくりと喉を鳴らしてから言った。

「叔母さん、左利きだったんだ」

話はそれきりになった。が、夫が自分の部屋に籠ったあと、ひとり片付けものをしているとき、

「老人？」

と、恵子はつぶやき、手を止めた。しばらく小揺るぎもせず台所に佇んで、朝生屋で聞いた話を思い起こしていた。

古びた黒い背広を着た老人が、言ったということだ。

――あんたの画は魂を宿しちまう。

そういえば、ゆうたを引き取りに来た老人も、黒くて古びた背広を着ていた。もしかすると、叔父の家を訪ねてきたのも……。

そこまで考えて、恵子は大きく頭を振った。

「まさか、ただの偶然よ。たまたま服装が似通っていただけ」

声に出して言って、洗い物の手を忙しなく動かす。

雨はなかなか止む気配をみせない。次の日も、また次の日も、朝から晩まで景色を

陰気に濡らし続けている。

その日の夜半、恵子は床に入ってから、「いけない」とつぶやいて半身を起こした。

「どうした？」

寝入りばなだったのだろう、夫の訊く声は半分寝言のようにあやふやだ。

「お風呂の窓を閉め忘れたのを思い出したの。閉めてきますね」

応えたときにはもう、夫は健やかな寝息を立てていた。

ミシミシと鳴る音に急かされるように階段を下り、真っ暗な廊下を手探りで行く。

風呂場の電気のスイッチをあげると、ぼんやりと白熱灯が灯った。古い電笠のせいか、風呂場はいつも薄暗い。足下の簀の子の濡れていない箇所を注意深く選んで進み、開け っ放しになっていた観音開きの窓に手を掛けた。思い切り力を入れて引かないと閉まらない固い窓だから、恵子は腰を入れ、取っ手に掛けた手に全体重を預ける。

ぺたっ、と、ひんやりしたなにかが腕に触れた。

大きな雨粒でも落ちたのだろうか、と思う間もなく、ギュッと腕を摑まれた。喉が引きつったきり体が凍り付いたようになる。動けないままおそるおそる窓の外の闇に目を凝らすと、自分の腕を摑んでいる、白く、小さな手が見えた。

「……なにっ？」

とっさに、その小さな手を払おうとする。けれど、後じさろうにも、摑んだ力があまりに強くて身動きがとれないのだ。

「誰っ？ なに？ いやっ。助けてっ」

二階の夫が気付く気配はない。恵子は目一杯叫んでいるつもりだったが、声が掠れて、紙を擦り合わせたような音しか立たないのだ。腕を摑む力は次第に強くなる。小さな爪が肉に食い込んで、血が滲んでいくのがはっきり見えた。痛みは感じない。ただ、臓腑をかき回されるような混乱だけが身の内を侵している。

「見ーつけたっ」

窓硝子の向こうに、幼い声が立った。闇の中に、あの、さらさらの髪が揺れている。顔はよく見えない。

「えっ？ ゆ、ゆうた君なの？ どうして。こんな遅くに」

「いつでも遊びに来てって、言ったでしょ」

「だけど……もう夜中なのよ」

応えながら、恵子は必死で腕を振り払おうとする。どうしたら、四歳の子がこんな力を持ちうるのだろうと、その頃になって恵子の総身は瘧のように震え出した。

「このおうちは、入っちゃいけないお部屋がないでしょ。だから僕はここんちの子になるって決めたの。そしたら毎日一緒に遊べるね」

ゆうたの言葉は、どこまでも朗らかなのだ。けれど、家を舐めるように降る雨の音が、ゆうたの声をくぐもった響きに変えてしまう。

「勝手にうちの子にするわけにはいかないの。ゆうた君にもお母さんがいるでしょ。そこで暮らさないといけないの」

沈黙があって、指の力が一瞬和らいだ。その隙をついて、恵子は思い切り腕を引く。小さな手が外れた。そのまま恵子は窓の取っ手に手を掛けて、力強く手前に引いた。バタンッと激しい音で窓が閉まる。外からの声は聞こえなくなり、辺りにはなにもなかったかのような静けさが満ちた。恵子は力なく、簀の子の上にへたりこんだ。息が荒い。汗が顎を伝ってしたたり落ちる。それを拭いつつ、窓を見上げた。

「え」

と、彼女が小さな声をあげたのは、浴室の窓が大人の背丈ほどの高い場所にあることに、今更ながら気付いたからだった。隣家からも三間近く隔たっているから、表には乗っかって中を覗けるような塀もない。梯子や踏み台も置いていない。せいぜいヤツデが茂っているくらいなのだ。

——どうやって、あんなところから……。

思った拍子に悪寒が走った。

——とにかく、二階に行かなきゃ。

行って、夫を起こさなければ。すべてを話さなければ——それなのに腰が立たないのだ。今見たものは夢なのだ。きっと寝ぼけていただけなのだ。恵子は懸命に自らを落ち着かせる。なんとか動かせる手足に鞭打って、簀の子の上を這い、風呂場を出た。

「寝ぼけて幻を見ただけよ。きっとそうだわ」

呪文のように繰り返しながら、真っ暗な廊下を這い進む。上がった息の音が、しじまに響いている。大丈夫。夫が起きれば、なんでもなくなる。あと少しで階段に辿り着く——。

廊下の先、闇の中に、ふわりと白い足が浮かび上がった。音もなくそれは、近づいてくる。恵子は、その場に這いつくばったまま動けない。収まりかけていた震えが、再び総身を波打たせる。小さな足は、床についた恵子の手指のすぐ先まで来て、ぴたりと止まった。

「お風呂場の窓が固くて閉まりにくいって言ってたから、手伝いにきたのに。いつでも遊びにおいでって言うから、来たのに。僕がいると、やっぱり邪魔なの？　僕がいないほうが自由なの？　僕がいないほうが楽しいの？　みんなそうなの？　みんな僕のことをそう思ってるの？」

違う、違うの、と頭を振ったが、声にはならない。目の前のゆうたが、うねるように揺れている。顔はやはり、霞んでいてはっきり見えない。ただ、彼がなにか話すたび、口元から血色の長い舌が覗くのだ。

「ねぇ。いいでしょ。ここに一緒に住んでもいいでしょう」

ゆうたが一歩、こちらに踏み出す。恵子は必死にかぶりを振る。

「どうして？　おうちが欲しい。僕がいていいおうちが欲しい」

小さな白い手が伸びてくる。恵子の首に抱きつこうとする。恵子は声にならない悲鳴をあげ、その手を勢いよく払った。

「帰ってっ！　あなたの住むおうちはここじゃないのっ。ここは私たちふたりの、大事なおうちなのっ」

ゆうたの手が止まった。

「ここじゃないのっ。ここじゃないのよっ」

ゆうたが、うなだれるのが見えた。そのまま小さく小さく身を折っていく。可哀想に、という気持ちが湧くことはなかった。憐憫を上回る恐怖に、恵子は囚われていたのだ。ともかく一刻も早く、この場から逃げなければ——。

そのときだった。獣のような唸り声が、響いてきたのだ。見ると、ゆうたの小さな体が炎立っている。

「うー。うぅー」

とても子供の声とは思えなかった。恵子は腕で廊下を掻くようにして後じさる。ゆうたが、うつむいたまま、両手を突き出してこちらに向かってくる。

「来ないでっ」

「うぅぅ……」

玄関戸が乱暴な音で叩かれている。「ダメだ。いけない」という、老人の声が聞こえてきたような気がした。廊下の端まで追い詰められた。身動きのとれない恵子の体に、ゆうたが覆いかぶさってくる。

それきり恵子は、気を失ったらしかった。

薄目を開けるとそこは二階の寝室で、朝の、一切の濁りを払った光が巡っていた。恵子はしばらくぼんやり天井を見上げていたが、やがて大きく息を吐き出した。

——なんて夢を見たの。

あんなかわいい子を、あそこまで恐ろしく変貌させるだなんて。自分の空想の飛躍

が、なんだか可笑しくなった。窓の外に目を遣ると久しぶりの晴天で、

「溜まった洗濯ものを片付けないと」

と、恵子は軽く鼾を立てている夫を起こさないように床を抜け出した。着替えをしようと洋服ダンスから綿のブラウスを取り出す。寝間着にしている浴衣の袖から覗いた自分の腕が目に入った。そこに、生々しい傷跡を見付けてすくんだ。小さな爪痕だ。深く食い込んでいる。一遍に血の気が引いた。恵子は洋服ダンスで身を支え、自分の腕にくっきり刻まれた極印を、息をするのも忘れて見詰めていた。

五

恵子が身ごもったのは、その冬のことだった。

まさかもう授かることはないと思っていたから、夫はうろたえ、義理の両親は跡継ぎができると大喜びし、恵子の親は、高齢出産になるのだから大事にしないといけない、無理はしちゃいけない、と盛んに娘の体を案じた。

恵子だけが浮かぬ顔で、日増しに突き出ていく自分の腹を得体の知れないものに接するような思いで見詰めている。

腕の傷跡はまだ消えない。お腹の子供が動く頃になると、その動きに引っ張られるようにして必ず傷が痛んだ。「ここにいるよ」と言われているようで、恵子はそのたび身を硬くした。

「ここを引っ越さない？」

夫に言ったのは、臨月も近い日のことだった。

「馬鹿言っちゃいけない。そんな体で引っ越しなんざ」

「でもね、子供が生まれてからじゃ遅いのよ」

「なにが遅いんだ」

問われて、恵子は言葉に詰まる。

「……ここは二階があるでしょう。物干しだってある。小さな子が落ちるようなことがあっちゃいけないでしょ。だから平屋に越しましょうよ」

二階家に住んでいることが自慢だった夫はだいぶ渋ったが、確かに子になにかあっては大変だ、という義理の両親の言葉に従い、勤め先近くの平屋を見付けて越すことになった。まるで夜逃げみたいだな、と夫が呆れたくらい、恵子は取るものも取りあえずといった具合で荷物を詰め込み、この二階家を去ったのだ。

新しい家で、大きなお腹を抱え、恵子は静かに子供と会う日に備えている。

「男の子かね、女の子かね。どんな子だろうねぇ」

親たちは新居を訪れるたび、声を華やがせた。浮かれる彼らの前で、恵子はつぶやいた。

「どんな子でも、引き受けないといけない。引き受けられるのは、親だけだから」

口調がひどく神妙だったせいかもしれない。義父母も実の両親も、怪訝な顔を見合わせた。夫だけが、

「恵子は、なにかと考え込む癖があるからなぁ」

と磊落に笑って、場を和ませた。

恵子はそっとお腹をさする。

「ここが、あなたのおうちよ。安心していられる場所よ」

そっと囁くと、腕の傷がしくしくと軋んだ。

北聖町の読心術

一

「両想い」というものが、この世に存在することは知っていた。ただ自分の身にそんな幸運が訪れるとは、佐代はそのときまで想像すらしたことがなかったのだ。

　高岡武史郎とは、佐代が絵を習いにいっていた島岡家で出会った。この家の富久子という、主婦でありながら個展も開くほど著名な画家が、月に二度、自宅で絵画教室を開いていると町の広報で知って、佐代は一も二もなく飛びついたのだった。絵に興味があったわけではなかった。島岡富久子という気鋭の画家についても、名前すら聞いたことがなかった。それでも、学校を卒業してから二十歳を迎えた今に至るまで特にやることもなく、花嫁修業と称して家事を手伝うばかりの毎日があまりに退屈で、気晴らしになれば、と佐代には甘い父に稽古代を無心して通いはじめたのである。

　富久子は家庭婦人でありながら、その枠に収まらない自由な佇まいを放っていた。

赤や紫と色使いも艶やかな銘仙に身を包み、自ら編んだという黒のレースを襟に使うような斬新な着こなしを好んだ。顎のあたりで切り揃えた黒髪、真っ赤な紅、大ぶりの石をあしらった指輪。奔放な言動に、どこまでも伸びやかな笑い声。佐代はすっかり魅了され、画法の勉強などそっちのけで、今では富久子の一挙手一投足を観察するのを楽しみとしている。

この富久子のもとに出入りしていた画材屋が、武史郎だった。萬井町で五十年ほど続いている老舗「法祥堂」の三代目を継いだばかりなのだ、と彼ははじめて教室に挨拶に来たとき、なぜかばつが悪そうに告げた。若いけれど知識は豊富なのよ、と富久子が褒めるとますます居心地悪そうにして頭を掻いた。その所作がいかにも青年らしく、教室に来ていた生徒たちは総じて好もしく思ったのだろう、武史郎が現れるとみな我先に話しかけるようになったのだ。このとき在籍していた十三名の生徒は、ふたりを除いて嫁入り前の娘だったが、揃いも揃って押しの強い性格で、佐代は、彼女たちの繰り出すさまざまな問いかけに柔和な笑みで応える武史郎を遠くから眺めているよりなかった。

そのせいか、教室の帰り道、ひとり歩いていたところを武史郎に呼び止められた折も、

「僕も帰るところです。そこまでご一緒しましょう」

有無を言わさぬ彼に従い、肩を並べて歩いたまではよかったが、うまく話題を探すことも、緊張で目を合わせることもできなかった。佐代には年の離れた兄があったが、もうとっくに家を出ていたし、男友達もいなかったから、男の人とふたりで歩くこと自体不慣れだったこともある。

武史郎は素朴な雰囲気ながら、整った顔立ちをしていた。その人懐こい笑顔は多くを惹き付けたし、肩幅が広く背が高く均整の取れた体つきは、若者らしい清潔感を醸し出していた。それがまた、佐代を臆病にしていた。

自分が容姿に恵まれていないことを、佐代は痛いほどわかっている。目は細く、肌は浅黒く、小さな頃に罹った麻疹の痕が額や頬に残っている。猪首で骨太、肩が張っているせいで着物がまるで似合わない。といって洋装にすれば、スカートから出る足の太さが目立ってしまう。女学校に上がった頃から、鏡を見ては、自分は男性から懸想されることなぞ一生ないだろう、と落胆してきたのだ。

しばらく互いに無言で歩を進めた。

「それじゃあ私、こちらなので」

丁字路まで来て会釈した佐代を、

「あの」

と、武史郎が引き止めた。

「吉城町(よしきまち)になかなかいいカフェーがあるんです。今度ご一緒しませんか？」

思いがけない申し出に動揺し、「はい」と即答してしまう。

「よかった。じゃあ、次の教室が終わったあとに」

微笑(ほほえ)む武史郎に慌(あわ)ただしく会釈して、ばたばたと家路を急ぎながら、

――誘われたのかしら。私は、武史郎さんに誘われたのかしら。

幾度も自問し、天にも昇る気持ちになった。が、それも家に着く頃には、きっと教室のみんなで行くのね、とひんやりした諦念(ていねん)に行き着いていた。いや、それどころか、実際には行く気などない、ただの社交辞令だったのだ、と。

だから次の教室の帰り道、片付けに手間取って他の生徒より遅れて外に出た佐代の前に、武史郎が現れたときは息が止まった。

「この間の約束、覚えていてくれましたか？」

人懐こい笑みを向けられ、目眩(めまい)まで覚えた。そこからは夢うつつで、カフェーでなにを話したかも覚えていない。ただ、武史郎がまっすぐこちらを見て、

「前から、あなたとじっくりお話ししたいと思っていたんです。とても素敵だなと思

っていたのですが、佐代さん、控えめで、なかなかお話しする機会がなかったですから」
そう告げた場面だけは、佐代の目にひりひりとした快感をもって焼き付いたのだった。

二

交際といっても、はじめのふた月ほどは、教室帰りに吉城町のカフェーで話をするのがせいぜいだった。そのうち、武史郎が休みの日に公園や美術館に出掛けるようになった。一年が経つ頃には、平日は週に二度ほど武史郎の仕事の終わった時刻にカフェーで落ち合い、日曜日には欠かさず遠出の予定を入れるまでにふたりの距離は縮まっていった。

いくらふたりで一緒にいても、飽きることはなかった。武史郎は、佐代といるとき常に上機嫌だったし、些細なことでも佐代を褒めた。話をしているとホッとする、気楽で居心地がいい——。佐代はこれがはじめての恋愛で、気楽どころか、おかしな言動でしくじらないように、少しでもきれいに見えるように、優しい人だと思ってもらえるように、と常に気を張って、彼と会った翌日など一日布団から出られないほど疲れ果てていたのだが、そんなふうに手放しに褒められると自信も湧いてくる。こんな自分でも好きになってくれる人がいるのだ、と。

「先生が、こうして自由に絵を描くことがおできになるのは、旦那様の存在があるからなのでしょうね」

浮かれる気持ちが溢れてしまったのだろう。教室の始まる前、まだ生徒の来ていない座敷に机を並べながら、富久子に言ったことがある。富久子は机を拭いていた手を止め、「旦那の存在？」と小首を傾げた。

「うーん、そうねぇ。まぁあたしが絵を中心にした暮らしをしていても文句は言わないから、その点では助かってるわね」

この日も富久子は、鼈甲の髪飾りに牡丹の描かれた銘仙という派手な出で立ちである。

「旦那様が先生の絵を一番最初に認めて、褒めてくださるんだろうな、と私、ずっと想像してるんです。これから世の中に向けてご自分の作品を発表なさるというとき、旦那様が認めてくれたということが大きな自信になるんじゃないかしら。なにしろ人から認められるというのは素晴らしいことですもの」

言うと、富久子は目をしばたたかせ、それから「まさか」と甲高い声をあげて笑いはじめた。なにが可笑しいのかわからず、佐代はぼんやりと富久子の笑いが収まるのを待つ。

「うちのは絵のことなんか、なーんにもわからないもの。だから下手な口出しはしないし、させないのよ。あたしはね、それがかえっていいと思ってるの」

富久子の夫は郵便局員だ。確かに、美術とはまるで関わりない仕事ではある。

「あのね、あたしみたいな、作品を世に出して商売にしている者からするとね、身内ってのが一番厄介なのよ。身贔屓って言葉があるくらいで、無闇と励ましたり褒めたりするでしょう？　たとえ世の中が酷評しても、旦那や家族だけは、これでいいんだ、いい作品だ、お前は才能がある、そう言って励ます——そんなぬるま湯の中にいてごらんな。人ってのはほっとくと楽なほうに流れるからさ、低い評価をつけられたときも、間違ってるのは世間様のほうだ、私の作品がわからない世間が馬鹿なんだ、ってな考えに逃げるようになるんだよ。もちろん自分の作品なんだから、下手に世の中に迎合することはない。でもね、冷静に反応を受け止める力がないと伸びないんだよ。いろんなところからいろんなことを言われる、そこから自分の感性で、取り入れるべき批評を取捨選択すればいいことなんだ。『君は間違ってない』だの『僕だけは君の才能を信じてる』だの、歯の浮くような台詞にすがって、駄目になった画家は数知れないよ」

早口に言って呵々と笑う富久子に、

「でも、作品をまずお身内に見せて、批評を請う画家の方がいらっしゃると聞いたことがありますわ。褒めるばかりじゃないんじゃないかしら」

ものの本で読んだ知識を広げてみたが、彼女は肩をすくめ、

「それも結局は同じことなんだよ。当人は気付いてないかもしれないが」

と、乱暴に言い返した。

「毎日顔を合わせて、同じ釜の飯を食って、同じ景色を見て、ある程度気が合うから夫婦でいるわけだ。似た者同士で批評し合って、なにが得られるんだか、あたしにはさっぱりわからないよ。批評ってのはさ、見も知らぬところからやってきてこそ、ゾクゾクするんだ。それに縁もゆかりもない人が認めてくれるから、わくわくするんじゃないかねぇ。絶対的な味方なんて、別にいらないの。恩も義理もない人から、そのときどきで認めてもらったり貶されたりするから、面白いのよ」

生徒がぞろぞろと入室してきて、話はそこまでになった。

――そうかしら。揺るがない味方がいるのは、なにより心強いと思うけれど。

疑問は未だ佐代の内に燻っていたが、もう少し深く話を聞こうという意欲は、この日耳にしたひとつの噂によってすっかり消し飛んでしまった。

武史郎にはかつて婚約者がいた、という噂だった。

それは、生徒のひとりが法祥堂に絵の具を買いに行った折、耳にしたものらしかった。彼女は武史郎に懸想していたから、もしかするとわざわざ探りを入れに行ったのかもしれない。婚約者、と聞いて、一瞬自分のことだろうかと胸を高鳴らせた佐代は、破談になった経緯が語られていくに従い、薄暗く濁っていく胸裡を面に出さないよう耐えねばならなかった。

その婚約者は、親の決めた相手というわけではなく、法祥堂に通ってきていた客だという。生徒が言うには、武史郎の一目惚れではじまった交際で、五年も続き、双方結婚の意志も固かったが、武史郎の両親の猛烈な反対に遭った。彼女の家柄に、なにか問題があったらしい。それでも武史郎は両親を根気強く説得してようやく首を縦に振らせたのだが、その頃には彼女のほうが愛想を尽かして離れていったということだった。

「それだけ親に反対されたら、無理して一緒になったところで茨の道でしょうから、そのお相手の判断は賢明かもしれないわね。それよりも武史郎さん、その彼女に土下座までして復縁を迫ったっていうわよ」

これを境に、武史郎に熱を上げていた生徒たちは、ものの見事に彼への興味を失った。佐代ばかりが、暗い淵へと沈み込んでいったのだった。

家にいるときも婚約者の一件ばかり考えてしまい、たびたび手伝いをしくじった。母はその都度、「またぼんやりして。手伝いひとつまともにできないの」と棘のある声を律儀に放ってきた。母とふたりでいると、ただでさえささくれだった心をかき乱されるようで、佐代は散歩と称して隙あらば表に逃げる。町をぶらつきながら、出会ってから今までの武史郎の言動を細かに思い出してみる。他の女人に想いを残しているようには感じられなかった。ただ純粋に佐代を慕ってくれていると見えていたのに。

――武史郎さんに、婚約者との経緯を直接訊いてみようか。

思いはしたが、そんなことをすれば嫌われてしまう、と恐怖が先に立った。考えがまとまらないままに、時折立ち寄る書店へとふらりと入る。雑誌でも読んで気をまぎらわそうと考えた佐代の目に、「卜い」の文字が留まった。

〈読心術の名鑑定士特集〉

――読心術？　心を読めるということ？

手にとって開いてみる。誌面には鑑定士の名がずらりと並んでおり、その下には実際鑑定を受けた客の感想が細かに記載されていた。

〈お付き合いしていた方と連絡がとれなくなり、依頼しました。先生の鑑定では、私に気持ちはある、でも忙しくしていて連絡できずにいる、とのことでした。先日、ようやく彼から連絡があり、先生の鑑定通りの状況だったとのこと。今はとてもよい関係です〉

〈素早く見てくださいました。私と彼しか知らないこともおっしゃられて、驚きました。口調も彼そのものでした〉

〈私には辛い鑑定結果でしたが、彼の心が離れているというのは、真実だと思います。諦めがつきました〉

胡散臭い、と鼻白んだ。けれど同時に、読心術に頼れば、武史郎に直接訊かなくても婚約者とのことがわかるかもしれない、と光も射した。鑑定料を見ると、そこそこいい値である。本当かどうかわからないものにお金を使うのは馬鹿らしい、と一旦は雑誌を置いた。が、ものは試しにひとりくらいは鑑定してもらってもいいかもしれない、と気持ちが揺れた。

念のために手元に置くだけだから、と自らに言い訳して、佐代は雑誌を手に会計場へ向かう。恥ずかしいから表紙を伏せて台に載せた。小説だの絵本だの思い思いに好きな本を買っている他の客が、とてもまぶしく健やかで、羨ましく感じられた。

三

はじめに鑑定をお願いしたのは、都と名乗る読心術師だった。雑誌での評判はすこぶるよく、鑑定場所が隣の北聖町と近かったことも決め手になった。連絡先にあった住所に手紙を出すとすぐに返事が来て、落ち合う場所として中央商店街の喫茶室が指定された。子供がふたりいるから家に仕事は持ち込みたくないのだ、と手紙にはその理由もしたためられてあった。

傾いだ看板の脇に小さな扉がついただけの、一見民家としか見えない古びた喫茶室だった。漆喰の壁にはところどころ黴が浮かび上がり、天井裏を鼠が駆け回る音が響いていた。客は他にいない。レジスター前に座していた老女に促され、奥の席に着いた。聞くべき項目を事前にしたためてきた帳面を見詰めて待っていると、引っ詰め髪に割烹着、買い物籠をさげた中年の女性が入口に現れた。まさか違うだろう、と帳面に目を戻しかけたが、案に相違して彼女は迷いなく佐代の前へ歩み寄り、

「お待たせしてごめんなさいね」

まん丸な顔に笑みを広げたのだった。

「え？　あの……」

「あなたが佐代さんね。もう注文は済んだ？　ここは珈琲しかないの。頼んでいいかしら」

腰を下ろすや矢継ぎ早に言って、慣れた様子で珈琲を注文すると、

「そう。お付き合いされているお相手の方の気持ちが知りたいのね。遠くにいる方を視るのは、少し時間がかかるけれどよろしいかしら」

と、こちらがなにも言っていないのに、そう断ったのだ。

「私……手紙に子細を書いたかしら」

啞然として佐代が訊くと、都はいたずらっぽく笑って、

「いいえ。あなたの心を今読んだだけよ。それが私の仕事ですもの」

と、肩をすくめた。本当にそんな特殊な力を持った人がいるのだ、とここに至って佐代は怖じ気づく。ものは試し、という程度の軽い気持ちで都を呼び出してしまったことを後悔もした。

「それでは今からお相手のお気持ちに潜ります。よろしいかしら？」

武史郎の想いが、まるで期待はずれのものだったらどうしよう。まだ婚約者に未練があって、私のことなんてなんとも想っていなかったとしたら、とても立ち直れない。躊躇が湧き出したが今更断る術もなく、佐代はおずおずと頷く。

「少し集中しますから、あなたはお相手の姿を頭に浮かべてくださる？　あなたを通して彼に繋がりますから」

言うや、都は目を閉じた。言われた通り武史郎の面相を頭に浮かべながら、佐代はよくよく都の様子を窺った。ほつれた髪、ところどころ染みの付いた割烹着、ささくれだらけの指。

――本当に心が読めるのかしら。さっきのは当てずっぽうがたまたま当たっただけだったんじゃないのかしら。

そのまま二十分ほどが過ぎた。都の口元は時折なにか言いたそうに動くのだが、声にはならない。いつまで待てばいいのだろう。瞑目した婦人を前に、ひとりかしこまっているのがだんだん恥ずかしくなってきた。

と、そのとき、都が大きく息をついて目を開けたのである。

「あなた、念が強いのね。途中で考えていることが勢いよく入ってくるから、彼と会話するのに邪魔だったわ」

朗らかに言われ、心の内で都の能力を疑っていた佐代はひやりとなる。

「それはともかく」

都はすっかり冷めてしまった珈琲を口に含んでから、するすると鑑定結果を語りはじめた。

「このお相手、性格はとても正直で、男らしくていい人なの。仕事熱心なんじゃないかしら。頭もいい、仕事も速いから、周りからの信頼も厚いみたい。それに、表向き朗らかね。女性からも人気があると思うわ。でも彼は簡単に女性とお付き合いするような人じゃあないの。吟味に吟味を重ねて、ようやく心を開く人なの。この人は身内とそれ以外をしっかり分ける人。自分が身内だと認めた人以外には、案外冷酷よ。駄目だと思ったら、切り捨てる人」

確かにそういうところがあるかもしれない。絵画教室の生徒のひとりで、なにかにつけて家柄を自慢する娘とは滅多に口を利かないし、誰にでも感じよく対するが、誰にも踏み込もうとはしないのだ。

「そういう性分なのにあなたと一緒にいるということは、あなたのことを特別に想っているということなの。この人はね、好きじゃなければ、話をすることも億劫に感じるような人ですから」

「でも私、特に取り柄もないですし、ご覧の通り不美人で。吟味を重ねて選ばれるに値しないように思うんです」

うなだれた佐代に対して都は、「そんなことない。あなた綺麗よ」といった表面だけ繕った台詞でお茶を濁すことはしなかった。

「あのね、彼はお付き合いする女性を見た目で選ぶことはないの。中身を慎重に見るの。あなたの中身を、彼は好いているんですよ」

彼の性格を言い当てているだけに、彼の自分への想いも信じたかった。引きつっていた頰がとろりと緩んだところで、都がこちらを覗き込んだ。

「それで、あなたはこの彼とどうなりたいの？」

「どう、って……」

佐代は言い淀む。

「そう。結婚なさりたいのね」

すかさず心を読まれたことにうろたえていると、都はしばし逡巡したのち口を開いた。

「私には未来を視る力はありません。それにちょっとした行動で未来はどうとでも変わるから、ここで予言することは避けるわね。ただ今のところ、本当に今現在は、ということなんだけれど」

都はしつこいほどに、これから告げることは現状の彼の考えでしかない、と念押しした上で告げたのだ。

「今のところ、彼の気持ちの中に結婚という思いがまったく見当たらないの。これは別にあなたに不満がある、とか、あなたのことは遊びだと思っている、というわけじゃなくて、どう言えばいいかな、結婚という考え自体が頭にないのよ」

雲上から奈落の底に突き落とされたような心地だった。

「だって、彼はもうすぐ二十八になるんですよ。もう結婚していてもおかしくない年齢だわ。本当は、私が結婚相手としてふさわしくない、と考えているんじゃないですか？」

弱音を吐くと、都は大きくかぶりを振った。

「あなたのことはね、家族のように思っているの。なんでも話せる味方であり、最大の理解者。情熱的な恋愛というわけではないけれど、とっても信頼されています。ただ」

「ただ？」

しばし都は瞑目し、困じたふうに首を振った。

「結婚と問いかけると、紗が掛かったように心が見えなくなるの。以前に辛いことがあったのかもしれないわね」

婚約者のことだ、と佐代は察し、何度も唾を飲み込んでから訊いた。

「彼が過去にお付き合いしていた女性と関わりがありますか？」

「女性の影が視えないこともないのだけれど、やっぱりそこも霞がかかってるの。彼が一番他人に触れてほしくないところかもしれない」

「その女性に、未練があるんでしょうか？　彼は彼女を愛していたんでしょうか？　情熱的な恋愛をしていたんでしょうか」

都は再び瞑目して彼の意識と繋がっているようだったが、やがて大きく息をついて「ごめんなさいね。それも視せてくれないのよ」と心底申し訳なさそうに言った。

「ただこの人は、さっきも言ったように、よほど好きじゃない限り一緒にいようとはしない人だから。何年も添ったようなら、その彼女に対して十分な愛情があったんじゃないかしら」

都の語ったことは、それから幾日も佐代の頭の中を巡り続けた。武史郎の人となりはその通りだったし、佐代への想いが情熱的な恋愛感情というよりは家族の安らぎに近いというのも、不本意ではあったが腑に落ちる鑑定だった。都は確かに、武史郎と繋がって心を読んだのだ。それだけに、過去の女性の存在が佐代の気持ちに大きな影を落としていた。

——武史郎さんはきっと、まだその女性のことが好きなんだわ。未練があるから私との関係を、これ以上進める気にならないんだわ。

「柳井町に新しい美術館ができたでしょう？　次の日曜、行きませんか？」

絵画教室の帰り道、武史郎に誘われた。夕日が、辺りを真緋に染め上げている。佐代は、武史郎の横顔を見遣る。きっと自分はただの暇つぶしに付き合わされているだけなのだ。そもそも、なんの取り柄もなく、器量も気立てもよくない自分を、彼のような華のある人が好きになるはずもないもの——。

「佐代さん？」

「あ、ごめんなさい。日曜日ね。わかりました。でも……私なんかでいいのかしら？」

思わず訊くと、武史郎は眉根を寄せた。

「おかしなことを言うね。今日はどこか上の空だし、なにかあったかい？」

佐代は足を止めて武史郎を見上げた。こくりと喉を鳴らしてから、息を整えた。読心術師の言うことに囚われるより、当人の口から真実を聞いたほうがいい。たとえ辛い結果を打ち明けられても、そのほうが得心がいく。武史郎も立ち止まり、佐代が語り出すのをまばたきもせずに待っている。

「あのっ」

そのとき、大声で歌を歌いながら子供たちが路地を曲がってきた。佐代の口から、詰めていた息が漏れてしまった。

「……いえ。なんでもないわ。暑さ負けをしているのかもしれません」

婚約者のことを持ち出したら、武史郎に疎んじられる。この交際も終わってしまう。彼は佐代と別れても、また新しく恋をすることができるだろう。でも佐代のことを少しでも好きになってくれる人など、きっと金輪際現れはしないのだ。

具合が悪いなら家まで送ろう、と彼が言い、佐代は遠慮したが、武史郎は「心配だから」と強引に家の前までついてきた。

「じゃあ、日曜に。でも、体調が悪いようなら無理はしないで」

微笑みかけた彼に、頷いて応えたとき、

「佐代」

と、背後に声がした。振り向くと、買い物籠をさげた母が歩いてくる。

「あら、どちら様？」

武史郎に気付いて母は、日向の猫のように目を細めた。

「佐代さんと絵画教室でご一緒させていただいている高岡武史郎と申します」

彼は堂々と名乗って、直角に身を折った。母は形ばかりの笑みを返し、武史郎と佐代とを交互に見遣ったのち、

「それは、いつもお世話になっています。どうぞ、お上がりになって」

と、抑揚を欠いた声で促した。

「いえ。お嬢さんをお送りしただけですから、今日はこちらで失礼致します。時分時にお邪魔致しました」

武史郎は丁重に断ると、佐代にひょっと目配せをした。

では、おやすみなさいませ、と武史郎が再び身を折って帰ってしまってから、佐代はそそくさと家に入った。あとに続いた母は別段なにか問うこともせず、台所に入って夕飯の支度をはじめる。

「帰りが同じ方角だったから、送ってくださったのよ」

なにも訊かれないのも居心地が悪く、といって武史郎との関わりをどう伝えたものか惑い、せめて沈黙の気まずさを払おうと口を開いたところで、流しに向いたまま母

が言った。

「なんだか、気持ち悪い人だね」

え？ と佐代は聞き返した。「気持ち悪い」という形容は、武史郎の佇まいからもっとも遠いものなのだ。

「お母さん、あの人はなんだか、気持ち悪く感じたよ」

次の日曜日、佐代は一張羅の大島を着て、薄く紅を引き、母に見つからないようそっと家を抜け出した。武史郎と落ち合い、美術館を一巡りしてから、彼が前もって探しておいてくれた洋食屋で昼食をとる。

——やっぱり武史郎さんに直接訊いてみよう。

家を出るときには、そう決めていた。母に投げられた言葉が、刺さった毒矢のように佐代を蝕んでいたのだ。ただし、母の言によって武史郎への不信感が強まったわけではない。むしろ、母の一方的で偏見に満ちた見立てを覆したいという気持ちが勝っていた。滅多に娘に関わろうとしないくせに、佐代が自らの意志で行ったことには抜け目なく水を差す母に一矢報いたいという、それは奇妙な対抗心だった。

「なかなかいい展示でしたね。今度島岡先生にも教えて差し上げよう」

武史郎は上機嫌で食後の珈琲をすすっている。佐代は手にしていたカップを置いて、まっすぐに彼を見た。

「武史郎さん、まだその方がお好きなんじゃないですか？」

順序立てて訊こうとしていた質問の、ずっと話が進んだところで持ち出すはずだった問いが唐突に転げ出てしまい、佐代は慌てた。武史郎も、「なんの話です？」と目をしばたたかせる。

「前に、婚約していた女性がいらしたんですよね」

もう後戻りできないと腹を括って早口に告げると、彼は黙り込んでしまった。が、ややあって、

「誰から聞いたんです？」

と、あからさまに不機嫌な声を出した。佐代は恐くなり押し黙る。

「まぁ、誰でもいいが。いずれにしても、もうとっくに終わったことです」

「……でも五年くらい交際を続けていらした、と」

「法祥堂の奴らだな」

苦々しく武史郎が吐き捨てたところを見ると、本当のことなのだろう。佐代は深い落胆を食む。両親の反対を押し切ってまで結婚したかった人が、彼にはいたのだ。そ

れなのに佐代には、結婚という気持ちすら抱いていないのだ。先だって母と偶然会ったときにも、彼は交際していることを秘した。もちろん、武史郎の両親に紹介されることもない。自分と彼女との扱いのあまりの差に打ちのめされ、佐代の口調は棘を帯びたものに変じていく。

「きっと素敵な女性だったんでしょうね。仮にも一度は武史郎さんが一緒になろうと思った方ですもの。それに五年という長い年月を一緒に過ごされたんですもの」

武史郎は黙って珈琲を飲んでいる。その冷淡な表情が、佐代の焦慮を煽った。

「もしかすると、今でもその方と一緒になりたいと思ってらっしゃるんじゃないんですか」

声が震えるのを抑えようとすると、鼻の奥がやすりで擦られたように痛んだ。溶けた鼈甲飴のようにべたべたした感情を押しつけている自分が見窄らしかった。武史郎は口を歪めて、静かにこちらを見ている。ああ、母さんと同じ目だ、と佐代は思う。冷めたような、呆れたような、深く関わると面倒だ、と避けるような。

「君が急にそんなことを言い出した理由は僕にはよくわからないけど、彼女とのことは君が考えているようなことじゃないと思うよ」

武史郎は淡々と言って、「甘いものでも食べるかい。ここはケーキが美味いらしいんだ」と、一方的にこの話題を打ち切った。勇気を出して訊いたのにまったく釈然としない反応で、佐代は自分の真摯な想いが軽くあしらわれた虚しさを覚えた。

食事を終えて公園を散策しているときも、君が考えているようなことじゃない——という彼の言葉が耳にこびりついて離れなかった。胸裡に、ぽつりと怒りが灯る。

——私の考えていることがわかるというの？　そもそも、私のなにをわかっているというの？

怒りに呼ばれたのか、今度は激しい悲嘆が溢れ出す。武史郎さんはきっと、私との時間を、彼女への想いを断ち切るために利用しているだけなのだ。そうしていつか心が癒えたら、彼は新たな恋を求めて私のもとを離れるのだ。心から愛せる人に出会うための繫ぎとして、私の存在はあるのだ。

佐代の内で育まれた妄想は、日に日に確信めいていく。反面、誰かにこの筋書きを否定してほしいという抜き差しならない希求も湧いていた。

——ぜんたい、なにが本当なんだろう。

息苦しい程に考え詰める毎日にすっかり疲弊して、佐代は再び都に手紙を書いたのだった。

「ごめんなさいね。彼はその婚約者のことには触れてほしくないみたいなの」

都は先日も使った喫茶室で会うなり、早口にそう言った。

「だから今回はあなたのお役に立てそうにないわ」

「そんな……。私はどうしたらいいんですか」

親に見放された子供のような寄る辺なさで、佐代は訊く。都は小さく溜息をついて、こちらを見据えた。

「いい、佐代さん。過去に囚われることは、まったく意味のないことなのよ。しかもあなたの過去ではない、お相手の辿った過去。そこに足をとられては、前に進めないの。誰にだって、過去にひとつやふたつ恋愛はあるものでしょう」

佐代は唇を噛んでうつむいた。自分には「過去の恋愛」がひとつもないのだ。だから余計に、裏切られたように感じるのかもしれなかった。

「それとね、不安になるたび人の心を読むのはよくないと思うの。これを癖にしちゃよくないのよ。しっかりお相手と向き合う中で、絆を作っていくよりないと思うの。自分の想いと直感でお相手とお付き合いしていくのが、健全な形なのよ。私を呼ぶのは、本当に困ったときだけ。例えば彼と連絡がとれなくなってしまった、とかね。それだって一度鑑定すれば終わることなの」

きちんと鑑定料を払っているのにそんなふうにたしなめられ、佐代は、薄汚れた割烹着を着た目の前の女に密かに苛立ちを募らせていく。自分は夫も子供もいて幸せだから、私のことを見下しているのね、適当にあしらって済ませようというのね――。思った刹那、都の顔が大きく歪んだ。

「私はこの力を持って生まれたことを恨むこともあるのよ。他人の心なんて視えなければ、もっと楽しく生きられたのに、って」

今日は鑑定をしていないから、御代は結構よ。都は言って伝票を摑むとそそくさと立ち上がった。

「あなたの不安はね、あなたが作り出したものでしかないの。つまり現実のものではないのよ。そんな妄想に振り回されないでね」

都はそう言って、素早く二人分の会計を済ますと、まだテーブルについたままの佐代を残して喫茶室を出て行った。一度もこちらに振り返ろうとはしなかった。

みんな、私のことは面倒で厄介に思うのね――。

都と会った翌日の落ち込みは、今までの人生で経たことのないほど救いようのないものだった。誰ひとりとして、自分とは真摯に向き合ってくれないのだ、という絶望だった。

あんたはしつこいのよ。そのしつこさ、異常だよ。

かつて母にも、そんなふうに言われたことがあった。

佐代は部屋に籠って、自身のことをぼんやり考える。なんの取り柄もなく、なにひとつうまくいっていないのが自分なのだ。だんだん気持ちが塞いでくるようで、机の抽斗からまた占いの雑誌を取り出した。

四柱推命、風水、数秘術、手相、易。

――そうよ、なにも鑑定士は都さんだけじゃないんだわ。私の話を聞いてくれる人はきっとどこかにいるはずだわ。

以来佐代は、手当たり次第占い師を訪ねては、同じ質問をぶつけるようになったのだ。

「彼は、かつて婚約していた女性に未練がありますか？　私のことはどう思っていますか？」

市電でふたつ行ったところの横江町で看板を出していた男性占い師は、肌つやからしてまだ五十前に見えたが総白髪で、佐代が悩みを打ち明けると水晶に手をかざしてなにやら呪文を唱えはじめた。やがて「ああ。なるほど」とひとりごち、佐代に向き直った。

「彼はちゃんと、あなたのことを好きですよ。将来のことも考えています。婚約していた女性のことは過去の思い出になっています」

はっきり言い切ってから、

「女性というのは、自分で勝手に不安を作り出しては、突然相手にすべてをぶつけて、仲を壊してしまう、ということをよくなさいます。それが原因で破局となっては、いかにももったいない。ですから私はね、ご相談にお見えになる方には常々、不幸上手にならないように、と申し上げているんですよ」

諭すように付け足した。都が言っていたことと似通っている。もしかすると、鑑定士が恋煩いの客に言う決まり文句なのだろうか。

「不幸上手……」

「そうです。物事を悪く見ると、本当に悪い現実がやってくるものです。なにかする前に『うまくいかないんじゃないか』と思うと、実際にうまくいかなかったりすることがあるでしょう？　それと同じです。彼はあなたのことを家族のように慕っていますよ」

自信たっぷりに言い切ってくれたおかげで、少しだけ不安が薄らいだ。軽くなった足取りで家に帰り、自室に入って揺り椅子にどさりと身を投げ、目一杯伸びをしたところで、ふと「彼はあなたのことを家族のように慕っていますよ」という鑑定士の言葉が甦る。

――また言われた。恋人じゃあなくて、家族。私のことは純粋な恋愛とは違って、妹かなにかのようにしか思ってないということなのね。彼女に対しては、熱烈な恋愛だったのに。

結局気が晴れたのは、ほんのわずかな時間だった。新たな不安がまたぞろ、佐代の内に芽吹き、ために再び占い師のもとを訪ね歩くのである。

「男の人はね、焼き餅を焼かせようと思って、過去の恋愛を口にするのよ」

次に訪ねたのは四柱推命で視る占い師だった。口元を薄布で覆っていてはっきり面相はわからなかったが、目尻に深く刻まれた皺から高齢の女性だということは見て取れる。

「それだけあなたが好きということね」

「あの、でも婚約者のことは、彼から言い出したわけではなくて」

佐代は訂正したが占い師はまるで聞く耳を持たず、

「男の人ってね、女と違って、昔お付き合いをしていた人をいつまでも想っていたりするものなの。女は別れてしまうと憎むどころか関心すらなくなってしまうでしょう？　でも男はなんだかんだで優しいのよね」

まるで話が嚙み合わず、佐代は早々に相談を打ち切った。男とは、女とは、こういう生き物だから――そんな一般論は聞きたくないのだ。武史郎の心を視てほしいのに。

易で視る占い師には、

「この人、あなたを利用しているだけね。適当に話を聞いてくれて、おとなしくて、彼にとっては都合がいいだけ」

そうはっきり言われた。愛情なんてどこにも視えない、と。期待に添うものでなくとも真実を知りたいと願っていた佐代だが、そこまで言われるとどうにも信じがたかった。いや、信じたくなかった。鑑定で諦めがつくことも腑に落ちることもないままに、これまで溜めてきた小遣いがただただ減っていく。

「あなたほど彼と深く繫がっている女性は過去にいません。もっと自信を持って」

そんな歯の浮くような台詞を聞くと、きっとみんなにそう言ってるんだわ。気持ちのいい言葉をかけて、何度も来てもらおうという占い師の魂胆なのよ、と疑念が勝ってくる。

「まだ婚約者に心があるわね。とても特別な恋愛だったみたい」

そう言われればひどく落ち込み、やがて、そんなはずはないと抗（あらが）いが生じる。

まるで同じ輪の中を無限に回っているような心持ちだった。食欲もなく、よく眠れず、終（しま）いには唯一（ゆいいつ）の楽しみだった富久子の絵画教室に通う気力まで失（う）せていった。いくら占いをしても、確かだと思える答えには行き着けず、いいことを言われれば疑い、悪いことを言われれば落ち込むという繰り返しで、そうするうちに佐代の関心は、武史郎の気持ちではなく、婚約者の容貌（ようぼう）や性格へと移っていったのだ。いったい彼女はどんな人なのだろう。会ってみたい。遠くからでも見てみたい。どろりと濁った希求が佐代の内に渦巻くまでになったが、相手の名さえも聞かされていないでは探しようもなく、これも透視や霊感といった鑑定に頼るようになった。

「とても美人ね。彼は一目惚れだったみたい」

「言いにくいけれど、彼はその人にはじめて会ったとき、自分の理想とする人が現れた、と思ったようなのよ」

「見た目はまぁまぁきれいね。でも化粧や着こなしできれいに見せている感じね。それに性格は悪いのよ。わがままで気が強いから、彼も相当振り回されたんじゃないかしら」

どの占い師に訊いても、おおむね容貌は優れているという見立てだった。中には

「ちんちくりんだし、全然きれいじゃないわよ。ただ、男に取り入るのがうまいのよ」

とか「いかにも尽くしますという態度で近寄ってきたんじゃないかしら。婚約したら掌返し（てのひらがえし）をされて、彼は愛想が尽きたのね」と言う者もあるにはあったが、きれいで男好きのする、少しわがままな女性、という偶像がいつしか佐代の中に形作られてしまった。自分とはまるで正反対の女性だった。

——冷静に考えれば、そもそも私のような不美人を武史郎さんが本気で相手にするはずがないんだわ。

鏡に映る自分が、前にも増して醜く見える。日に日に自分が無価値なものに感じられる。私なんて、誰も好きになってはくれないのだ。そんな思いにのみ侵されるようになる。

四

「佐代。あなた、この頃絵画教室に行ってないんですって？」

占いから家に戻ると、座敷で干し野菜を選り分けていた母に呼び止められた。

「さっき島岡先生がお見えになったのよ。あなたが教室に顔を出さないから心配なさって。もうひと月も行っていないって言うじゃあないの」

　富久子が家まで訪ねてきたことに動じて、佐代は投げやりに返してしまう。

「別にいいでしょう。行こうが行くまいが私の勝手よ」

「そういうわけにはいかないわ。月謝を出しているのは、こっちなのよ」

　教室に行けない理由があるの？　なにかあったの？——そう訊くこともせず、娘の様子を案じる気配すらなく、金銭のことを真っ先に口にした母にうんざりする。黙っていると母は鼻で嗤って追い打ちをかけた。

「あんたのことだから、どうせ飽きたんでしょう？」

　目尻や額に、我が子を愚弄するような皺が刻まれている。それを目にした途端、怒りが地吹雪のように唸りはじめた。

「どうせ、ってなに？　どうせ、ってどういうこと」

　こめかみがずきずき鳴りはじめる。

　母は、いつもそうだった。本当はなんの関心もないくせに、佐代のやることなすことに巧妙に水を差すのだ。上の学校に進もうと決めて勉強に励んでいたときには、「あなたのことだから、どうせ周りの友達に合わせて進学するだけなのでしょう」とせせら笑ったし、絵画教室に行きたいと申し出たときも「今から絵を描きはじめたところで、どうせ一廉（ひとかど）の画家にはなれないのに」と肩をすくめた。それを父が聞き咎（とが）めては、「佐代の好きなようにやればいいさ」と繕うのが常だったのだ。

母の言は、いつも佐代の行こうとする先に黒くて粘（ねば）ついた影を落とす。「どうせ」という呪文は、道を見付けて勇躍進もうとする佐代の足取りを、枷（かせ）でもつけたように重くする。あんなふうにちくりと刺して、あとは無関心を装（よそお）っているのなら、はっきりと自分の意見を告げて反対してくれたほうがずっといい、と佐代はこれまで幾度となく唇を噛んできたのだ。

――お母さんはいっつも私のすることに『どうせ』っていうけど、私のなにをわかっているの？

そう叫びたかったが、それを口にすることさえ気怠（けだる）かった。代わりに、

「お母さん、富久子さんにはじめて会ったのよね。どう？　おきれいだったでしょ。お着物の着こなしから、髪型やお化粧まで、とっても垢抜（あかぬ）けてらっしゃるでしょう。お母さんと、歳（とし）は変わらないのよ」

佐代は精一杯の嗤いを浮かべて、苛立ちのままに吐き捨てた。

「そうね。ただ、歳の割には少し派手すぎやしまいかと思ったけれど」

母は眉一つ動かさず、いつものように娘の言を一蹴（いっしゅう）した。佐代は構わず攻撃を繰り

出す。

「あの方はね、夫もお子さんもあるけれど、ただの主婦じゃあないの。高名な画家なのよ。外の世界で広く認められている方なの。もちろんお金だって自分で稼いで、とっても自立した方なのよ。お母さんとは違うの。まるっきり違うの。せいぜい家事くらいしかしないで、ずっと家にいて、近所のおばさんたちしか話し相手がいなくて、お父さんの稼ぎで暮らしているお母さんとは違うの。月謝を出しているのはこっち、ってさっき言ったわよね。だけどそれだってお母さんの稼いだお金じゃあないでしょ。お父さんのお金よ。お母さんにとやかく言われる筋合いはないのよ」

母は黙って、こちらを見詰めている。生んで育ててくれている母に対して、私はなんて物言いをしているのだろう、とさすがに悔悟(かいご)の念が湧(わ)いた。それでも佐代は、なおも言い募る。母が本気で怒って言い返してくれれば、少しはまともに心を通わせることができるのではないか――そんな希望がちらついていた。

「私はお母さんみたいなつまらない人生は送りたくないの。先生みたいに自立して生きていきたいの。先生をとっても尊敬しているのよ」

「だったら」

と、間髪を容(い)れずに母が返した。つい今しがたまで灰色に濁っていたその瞳(ひとみ)に、青白い火が灯っている。

「絵画教室に行ったらどう？　そんなに尊敬している方に背いては、失礼じゃない？」

　抑揚を欠いた声でそれだけ言うと、「お夕飯、もうすぐだから。ちゃんと来てね。一遍に食べてもらわないと片付かないから」と、冷ややかに命じた。佐代はいたたまれず、母に背を向け、自室に駆け込んだ。閉てた襖に描かれた、ぼやけた桜の模様に目を落とし、その前で長い時間佇んでいた。

　自分は人から愛されるような人間ではないのだ。親にすら関心を抱かれないくらいなのだから、他人からすればきっといくらでも代わりが利く、価値のない人間なのだ――。

　朝起きると、頭の中をそんな言葉が巡っている。濡れた毛布でもかぶっているように身体は重く、ひとつ動作を行うたびにくぐもった溜息が出た。

　武史郎はあれからも、こまめに連絡をくれた。絵画教室に通うのをやめた佐代を案じて、家の郵便受けに手紙を入れてくれるのだ。たいがいは最近あったことが子細にしたためられており、時折、今度の日曜はどこそこへ行こう、と日時や待ち合わせ場所が指定されてあった。誘われると断れず、不安を抱えつつも佐代はいそいそと出掛けていく。この人と一緒になりたい、所帯を持つならこの人しかいないという思いが、不安が増すにつれて高まっていくようなのが厄介だった。

「佐代さん、少し痩(や)せたね。元気もないようだし。なにか悩みでもあるのか？　僕で力になれることなら言ってほしい」

武史郎がこちらを覗き込んだ。いつもの吉城町のカフェーで珈琲を飲んでいたときだった。

「富久子さんも気にしているんだよ。あんなに熱心に通ってきてくれたのに、って」

自分を気に掛けてくれる人がいることに素直に感謝すべきだと、頭ではわかっている。でも胸の内に「私なんかにどうして気を遣うの？」という疑心が雷雲のように湧き出て、やがて「きっと後ろめたいことがあるからなんだわ」という確信に身を貫かれる。

「私のことは気にしないでください。なんだか申し訳ないわ。だって本当は私なんてどうでもいいのでしょう？　それより、武史郎さんが婚約者だった方とよりを戻せるように考えましょうよ」

思ってもいないことが、口をついて出てしまった。武史郎が呆然(ぼうぜん)とこちらを見ている。

「それが一番いいと思うのよ。未だに武史郎さんが想っている人なのだから。そこまで好きになれる人には滅多に巡り会えないものよ。きちんと許しを請うて、一緒になってほしいと誠心誠意頭を下げれば、やり直せるんじゃないかしら」

「ちょ……ちょっと待ってほしい。何度も言うが、彼女のことはもうなんとも思っていないんだ」

「そうかしら。でもとてもきれいな方なんでしょう？　武史郎さんが一目惚れしたくらいですもの。私なんかと比べものにならないほど、美人なはずよ。だからこそ武史郎さんは、女性として彼女をとても愛したのよ」

「誰がそんなことを言ってたんだい？　一目惚れだなんて……話がまるでわからないよ」

　武史郎はかぶりを振ったが、佐代は聞く耳を持てなかった。華奢で可憐な美しい目鼻立ちの女性が、武史郎にそっと寄り添う姿が浮かぶ。空想の中で武史郎は、女性に向けて優しく微笑んでいる。

「多少わがままで振り回されたかもしれないけれど、それだって好きならば苦じゃないでしょう？　私みたいな面白くも可笑しくもない女といるより、ずっと刺激的な毎日が送れるはずよ。それに武史郎さん、私のことは女性としては見ていないのよね。体のいい暇つぶしの相手くらいに思ってらっしゃるのよね。どうせ他に恋人なんてできやしないから、誘えば乗ってくるだろうと思われたのよね」

「どうしたんだよ、佐代さん。なんで、そんなこと」

その口調が、どこか芝居じみて感じられ、佐代の内に酷薄な感情が湧いた。

「いいのよ。取り繕わなくても。だってあなたは私を、家族のように思っているだけなんだもの。情熱的な想いなんてひとつもないんだもの。みんなそう言っているのよ」

「みんな？　……みんな、というのは誰のことだい」

佐代は束の間、口ごもる。

「みんなは、みんなよ。でも別に、私のことはもういいの。私のことは気にしないで。それよりも、武史郎さんが幸せになる道を考えましょうよ。彼女のところにどうやったら戻れるか、一緒に考えましょうよ。乗りかかった船だもの、私はなんでも協力するわ」

自分の言葉が、自分を切り刻んでいく。そのひりついた痛みを跳ね返そうと、佐代は満面に笑みを湛える。武史郎はなにか言いかけたが、深い溜息をつくと、静かに首を横に振って、手にしていたカップをソーサーの上に置いた。

「そろそろ、出ようか。だいぶ日が短くなったね。もう夏も終わりか」

窓の外を見遣って言って、揺れるようにして立ち上がった。

五

あの日以来、武史郎はもう、佐代の家に封書を入れていくことはなくなった。絵画教室にもすっかり行かなくなったから、彼を目にする機会すらなくなってしまった。

自分が馬鹿（ばか）なことをしたのは重々わかっている。けれど、武史郎は未だに婚約者を愛していて、自分のことは妹かなにかのようにしか見られないのだ、という不安は、佐代の内で、もはや疑いようもない真実へと昇華してしまったのだ。

占いに行く気力も金もなく、時間を持て余すと佐代は、武史郎とよく通った吉城町のカフェーに向かう。

――ここで待っていれば、武史郎さんに会えるかもしれない。

そうは思うのだが、会ったところでなにをどう話せばいいのか、見当もつかなかった。

カフェーを出て、自らの不甲斐なさに肩を落としたとき、店の裏手に建つ小屋の窓の内に、ひらひらと動く白い手を見つけてギョッとした。誰かが手招きしている。暗闇によくよく目を凝らせば、いつも会計の席に座っている少女である。特徴の薄い顔立ちでうつむきがちにしているせいか、存在そのものが希薄で、佐代は以前からそこはかとない親近感を抱いていたのだ。

おそるおそる窓辺に近寄ると、彼女は唐突に言った。

「あの……お相手はもう来ないと思いますよ」

佐代は声を呑む。この人に、武史郎との会話を一部始終聞かれていたのだろうか、と蒼くなった。

「あ、あなた方のお話を盗み聞きしたわけじゃないんです。ただなんとなく、私は感じることができるもので。視えるといいますか……」

「疑心暗鬼という言葉を聞いたこと、ございますか？」

佐代の警戒を気取ったのか、少女は間を置かず語りはじめた。

怪しみつつも、佐代は小さく頷く。

「あなたは不安なあまりお相手を疑いすぎて、ご自分で鬼を産み出してしまったようです。お相手の方は、以前交際していた女性のことは、もうなんとも思っていませんでした。とても美人でしたがわがままで、交際を始めてすぐに彼のほうから冷めたようです。婚約したのも女性にごり押しされて仕方なく……。でも耐えがたかったのでしょう、彼のほうから別れを切り出しています。あなたはその女性とは正反対の魅力をお持ちで、そこに彼は惹かれたようです。彼は激しい恋愛よりも、ホッとする関係を築きたかったのでしょう」

少女の語り口は滑らかとは言い難く、それが逆に、話の内容に信憑性をもたらしているようだった。

「でも……彼には私と結婚する気がない、と、私が他で鑑定を受けたときにはそう言われたんですよ」

「それは確かに、そのようですね。けれど、あなたがさほど好きではないから、という理由で結婚に二の足を踏んでいるわけではないようです。あなたのことはとてもお好きでしたよ。控え目な性格も、柔らかさを感じる容姿も。ただ、自分は結婚には向かないのではないか、と彼は思い込んでいる節があります。過去に一度失敗していますからね。性急に婚約などせず、ゆっくりと無理なくあなたと交際する中で、自然と所帯を持つに至ればいいな、と考えていたのでしょう。でもあなたについては、彼はもう諦めてしまったようなのです。探られたくない婚約者のことに、あなたが引っかかっている限り、関係を続けるのは難しい、と」

佐代は肩を落とした。あれほど忠告されていたのに、自分で生み出した不安に振り回されて、自分で壊してしまったのだ。

「……つまり彼はもう、戻ってこないのね。私がひどく疑ってしまったから」

少女は申し訳なさそうに、「ええ。私の見立てではそのようです」と応え、少し明るく口調を変えて続けた。

「でもこの経験は、あなたがこれから生きていくための、いい暗示だったようです。学び、といいますか。あなたはまず、あなた自身の内に巣くった不安に、ちゃんと向き合ったほうがいいと思うのです。なぜ他者との関係で、そこまで不安になるのか。それを克服しない限り、誰と交際しても同じことの繰り返しになるでしょう」

佐代は眉をひそめた。今回自分が抱いた不安はとりわけ珍しいものではなく、恋をすれば誰もが陥る「相手の本音を知りたい」という当たり前の煩悶ではないだろうか。佐代にとってははじめての交際だったから、不安が強くなっただけのことではないか。

「あなたはどこかで、自分は人に愛されるような人間じゃない、と決めつけているところがありますね」

深くに潜んでいた気持ちをひと突きにされて、声を失った。

「それにはちゃんと理由があるのです。でもその理由がどこにあるか、私はそこまで読むつもりはありません。きっとご自分と向き合えば、おわかりになるように感じるので」

　母の顔が真っ先に浮かんだ。母の、徹底した無関心に蝕(むしば)まれてきたこれまでが、脳裏に洪水のごとく溢れた。佐代は慌(あわ)てて首を振る。

「でも私にとって母はもう大きな存在ではないし、母に認めてもらいたいとはこれっぽっちも思っていないのよ」

　絞り出すように言った。それは本音でもあり、自分を救うために、これまで幾度となく唱えてきた呪文でもあった。

「お母様の心は石みたいに固くて、実は私にもよく視えません。でも、お母様があなたを遠ざけているのは、あなたに問題があるからではなく、お母様自身の問題です。人の心はどうにもならなくて、そのどうにもならなさには、さまざまなことが絡(から)んでいます。生い立ちや、性格、今まで経てきた体験や。ですから時には、不可解をやり過ごす、ということがあってもいいように思うのです。母親に愛されなければ駄目だ、自分は要らない人間だ、と誰しも思い込んでしまうのですが、それは大きな間違いです。あなたは、誰に認められなくてもあなたです。そのままでいらしても、自然と関わりを持つようになる人は現れるのではないでしょうか」

少女の言葉すべてが、すとんと腑に落ちた。途端に、胸が錐で揉まれたように痛んだ。やがてその痛みが涙となって、佐代の頬を滑り落ちていった。

「あの……ええと、鑑定料をお支払いしないといけないわね」

はじめて話した少女の前で泣いた恥ずかしさの余り、佐代は話を逸らしてあたふたと鞄から財布を取り出す。と、少女は激しくかぶりを振った。

「お金をいただいての鑑定はもうしないことにしたんです。しつこいお客様に疲れてしまって。でも、あなたのことはここで視ていて気掛かりだったから。私と少し似ている気がして。あ、失礼だったらごめんなさい。あと、泣くのは浄化になるから案外いいんですよ」

そのとき小屋のドアが乱暴に開いて、「杣子さん、休憩終わり。交代だよ」と髪をお団子に結い上げた女給が声を掛けた。少女は跳ねるようにして立ち上がり、窓越しに素早く一礼すると、バタバタと小屋を出て行った。

少女に言われたことを反芻しながら家への道を辿るうち、どういうものか、武史郎への執着まで薄れていくようだった。そもそもどうして武史郎だったのだろう。彼のなにに惹かれたのだろう。いくら考えても、たぶん、彼がはじめて自分を認めてくれた人だったからだ、という答えに行き着くことしかできなかった。

空を仰いで息を吸った拍子に、ふと、かつて富久子が言っていたことが甦った。

〈絶対的な味方なんて、別にいらないの。恩も義理もない人から、そのときどきで認めてもらったり貶されたりするから、面白いのよ〉

「その境地に至るまでは、きっと長い旅をしないといけないんでしょうけれど」

そうひとりごちると、憂鬱と喜びが一遍に舞い降りたような複雑な心持ちになった。また富久子の教室に戻ろう、とそんな気持ちが湧いていた。武史郎と会うのは気まずいけれど、今なら堂々と相対することができるようにも感じていた。認められることにのみ囚われるのは、本当はさもしいことなのかもしれない。

歩きながら目一杯胸を反らしてみた。常に丸まっていた背骨が、ぼきぼき、と大きな音を立てた。すれ違った老紳士が目を瞠って、こちらを見遣る。佐代は恥ずかしさと可笑しさに染まって、後ろから吹き付ける秋風に背を圧されるようにして駆け出した。

文庫化記念対談

占星術師 鏡リュウジ × 木内 昇

科学からエンタメへ

木内　今日は初めてお会いできて嬉しいです。

鏡　こちらこそ。もともとは『占』の単行本で書評依頼をいただいたのがきっかけですよね。なぜお声がけくださったんでしょうか。

木内　私は働き始めた頃出版社にいたのですが、鏡さんはその頃からスター選手で、〝占いといえば鏡さん〟でしたので、是非お願いしたいと思っておりました。

鏡　ありがとうございます。光栄でした。

木内　私にとって占いは不思議なものという印象があります。ただ私自身は、占いに否定的ではないけれど積極的でもなく、そんなに見てもらってないんです。どちらかというと、未来軸がないからかもしれません。

鏡　未来軸ですか？

木内　自分がどんな風になりたいか、というのはその都度考えるようにしているので、来年はどうなるかといったことはあまり気になりません。むしろ知るのが怖く、避けていました。でも時代物を書いていると、占いが必ず生活の中に色濃くあるんですね。例えば生死に関わる天候のことも、気象衛星もない時代なので、呪術師のお告げを受け入れたり、先人たちが残した知恵を受け継いだり。それは現代の占いとは意味合いが違っていると感じます。そんな時代による占いの捉え方の変化についても伺いたいです。

鏡　そういう意味では、『占』で描かれる大正期がちょうど過渡期かもしれません。日本が近代化するタイミングであり、女性の立場が変わり始め、また占いの立ち位置も大きく変わった時代を反映されているように思います。

木内　はい。女性も選択肢が増えてきて、必ずしも家庭に入らねばならないわけではなくなってきた時代を選びました。

鏡　時代の変化と占いの立ち位置の変化はすごく関係があります。今、占いと呼ばれているものは当時のメインストリームのテクノロジーだったわけで、逆に言うと、今の科学や合理的なテクノロジーとまだ未分化だったんですね。ヨーロッパの世界に目を移すと、おそらく十六世紀ぐらいまでそうです。一方アジアはもっと遅れたまま、日本は明治まで続きます。それこそ文明開化で驚き、生活が激変していったように。ですので、日本で占いのエンタメ色が強まったのは近代以降といえます。

木内 昔の人々は自然など様々なものに敏感で、「山が膿む」つまり水を含んでいるから土砂崩れがくるぞといったことを、現代人よりも感じ取っていたと思います。だから占いという形ではなくても、予言者のような人たちが大勢いて、彼らに来年の様子を聞きながら過ごすという、これが長く〝科学〟だったのでしょうね。

鏡 そうですね。それは『占』の個人を相手にする占い師とは違い、共同体を相手にしている人たちです。天気や自然は、共同体そのものの生死に直結している。だから占いが政でもあります。

木内 政と占いが密接に関わってきた歴史もありますね。

鏡 まつりごと、というくらいですからね。

木内 明治に入り廃仏毀釈で徐々に政治から切り離されていったものの、江戸末期までは、政治と密接にそうした「力」を持った人たちがいて、その予言に従わないといけない風潮があったように思います。

鏡 一方で占いのエンタメ的な側面はもともとあって、江戸期後半には、個人向けの占いや、雑書という今の占い雑誌のルーツみたいなものがもう売られていたんですよ。

木内　確かに、そういう本がたくさん残っています。占いが個人に移り始めている時期でもあるんですか。

鏡　占いの個人化と周縁化が並行して起こってくる、ということでしょうね。

木内　海外ではいかがですか。

鏡　占いの種類にもよりますが、庶民のものは記録に残りにくいだけで、おそらくずっとありました。占星術のような高度で体系的なものは、ある種サイエンスという存在です。十六世紀に地動説を唱えたコペルニクスや、天体の運動を解明したケプラーも占星術師。それこそ十六世紀ぐらいだと、エリザベス一世の戴冠式の時間を占星術師らが決めていたんですよ。

昭和オカルトブームとネット育ちの占い師

木内　『占』を書くにあたっては様々な占術の占いを試しました。個人のことを聞く占いは初めてでしたが、特にタロットについては核心を突かれて驚き、不思議に思いました。鏡さんはタロットから入られたんでしたよね。

鏡　はい。小学生のときにまずタロットに触れ、そこからこの道へ。

木内　その頃タロット人気はそこまでなかったような……。
鏡　いえいえ、もう絶頂期でした。
木内　あ、そうなんですね。
鏡　一九七〇年代半ばから後半が大ブームで、少女雑誌の付録についていたり、寺山修司さんが作っていたり。カウンターカルチャー的に広まって、八〇年代には当時攻めていたファッションビルの「パルコ」でタロット展があったりしました。
木内　そうでしたか。
鏡　当時は子供だったのでリアルタイムではありませんが、ブームの中にいたので、タロットに触れられたんです。当時カードつきのタロット占いの本が八十万部は売れたと、後々聞きました。
木内　私はその頃『ドカベン』とかを読んでいました（笑）。全く別世界に生きています。
鏡　でも、漫画の『エコエコアザラク』や『魔太郎がくる!!』も流行りましたよね。
木内　はい、オカルトがすごく流行っていました。
鏡　こっくりさんブームもありましたし。タロットのブームは、そうしたオカルトブームの一環でもあったと思います。

木内　ノストラダムスも関係が？

鏡　はい。七四年がオカルトブーム元年で、『ノストラダムスの大予言』が大ヒット、映画『エクソシスト』公開、ユリ・ゲラー来日、コリン・ウィルソンの『オカルト』もその頃翻訳されました。欧米とほとんどリアルタイムでしたね。

木内　鏡さんは何をきっかけにタロットにハマったのですか。

鏡　もともと幼い頃からそういうものが好きで、タロットを書店で見て惹かれました。当時のタロットの本には、タロットエジプト起源説だの薔薇十字団だの、中二病的な言葉が満載されていて。小学生から中学生くらいだったのでちょっと背伸びしていたんですね。

木内　背伸び、わかります。タロットの一番の魅力はどういうところだったんでしょうか。

鏡　図柄が面白いのと、書かれている内容のロマン。今思えば荒唐無稽過ぎますけれど、イメージの宝庫でしたね。

木内　鏡さんがご著書でも仰っていますが、宗教画に描かれるモチーフは全てに意味があり、タロットもそうだと。その上で読み方が人によって違ってくるというのは、どういう所からでしょう。ある程度意味は同じなので、カードの並びなどで変わってくるのでしょうか。

鏡 それは例えば、「時追町のト い家」で、占い師によって答えがばらばらなのと近いですね。その人の世界観や、どれだけ勉強をしたかなどでアプローチが変わります。驚いたのは最近のタロットのプロは、本は買わずにYouTubeやネットだけで勉強したという人もいるんです。着付けの仕方の動画とかと同じように、やり方までそこで学ぶようで驚きました。

木内 そこから自分なりの読み方を培っていくのでしょうか。

鏡 科学や薬学じゃないので、どんなにマニアックにやろうが自己流にやろうが、そこに優劣は本来ないはずです。勉強を積み重ね、やがて頭の中に聞こえる声を聞いていくような。「山伏村の千里眼」で杣子が聞く声も同じで、実はこれは直感ですよね。

木内 前にお話を聞いた占い師の方も、「だんだん直感みたいなもので何となく分かってくる」と仰っていました。会話や仕草で見抜く「コールド・リーディング」かなとも思っていたのですが。

鏡 半々ではないでしょうか。自分で思っていないだけで、無意識的にアルゴリズムが働いているかもしれないですし。

木内 そういうものなんですね。

鏡 または、もしかしたら不思議な縁、つまり「シンクロニシティ」が働くのかもしれません。

木内 ユングの言う「意味のある偶然の一致」ですね。私も大学時代に心理学を学び、シンクロニシティからユングが気になりました。そこで潜在意識の部分が人間には非常に多いということも知って。潜在意識、自分では意識しない意識によって動かされる部分を、占いで引き出してもらう面もあるのではと、『占』を書きながら考えていました。

鏡 そう定義づけるのが一番、近、現代人には通じやすいでしょうね。僕は十代の半ばぐらいでそういう観点を知って、これならいけるかもと思ったんです。

木内 そんな早い段階で。

鏡 これなら自分も親も納得させやすいかなと（笑）。八〇年代、九〇年代は心の時代、河合隼雄(かわいはやお)先生ブームでしたから、そういう意味では時代にフィットしていたんだと思います。

変遷（へんせん）する日本の占い最前線

木内 十代の半ばからもう、この道を一生やろうと思われていたんですか。

鏡 一生なんて思ってなかったです。中学、高校のとき、占い雑誌の読者向け出題ページに答えを毎回投稿していて、編集部で「これは誰だ」と噂（うわさ）になったそうです（笑）。それがきっかけで編集部からスカウトされ、十六歳頃から少女誌で占星術コーナーの連載が始まりました。そのまま大学に進学し、女性誌のほかに『ムー』や『ユリイカ』の男性路線の雑誌でも担当し、大学院に行ったのでしばらく二足のわらじでした。その頃はまだバブルの残り火はあったので、就職しなきゃと思いつつ、それは表層意識でした（笑）。

木内 私が新入社員の頃から女性誌で鏡さんの星占いがあったので、勝手に年上の印象でしたが、私が六七年九月生まれ、鏡さんが六八年三月生まれの同い年と知ったときは驚きました。若くしてずっと活躍されてきて、占いに対しての環境とか、受け取られ方が変わったなということはあるでしょうか。

鏡 幾つもありますが、一つは、好景気の頃は内面に向かっていたこと。やや難しい内容でも読んでもらえたというか、むしろそれが受けました。具体的な答えじゃなくても「サイコロジカル（心理的）なインサイト（洞察）」のように、教養があるような言葉に変換したほうが好まれました。

木内　物憂（ものう）くなりそうな不景気ではなく、逆に景気がいいときなんですね。

鏡　もちろん動物占いブームといったものもありました。あとはユーミンの功罪じゃないですが恋愛絶頂期で、恋愛占いがすごかったです。恋愛と自己実現とか、女性全体にそういうトーンが強かった。九五年にオウム事件があって若干下火になり、また十年程経（た）つとスピリチュアルブームもありました。随分前に「愛されるし、お金持ちになれる」といったタイトルの本が大ヒットして、それは占いではオブラートに包んできたのに（笑）、そんな風に直截（ちょくせつ）に言える時代になったのかと、何だか人の無意識の領域もなくなってしまうような感じさえしました。そこから二〇〇八年のリーマンショック以降、占いのコンテンツの中身が切実になってきます。雑誌ではそこまではないですが、ネットなどでは、ご主人のリストラなど生活のための相談とか、あとは「これで成功できます」というような、すぐに答えが求められる印象になってきました。

木内　今のコロナや戦争もそうですが不安定で先の見えない時代だと、相談者が切羽詰まり、またそういう即効性が必要になるのですね。時代に合わせて求められ方も変わっていく、でも絶対に絶えることがない、というのが占いの面白いところですね。

鏡　本当に絶えないですよね。

木内　太古の時代からあり、すごく人との関わりが深い。でも一方で疑われたり非合理と見なされてしまう不確かさがある。実証できないけれどもあり続ける不思議さがあります。未来に科学がものすごく発展してもなくならないでしょうね。

鏡　そう思います。新しい形で出るか、また昔のものが出てくるか……。

いつの世も知りたい「あいつの気持ち」

木内　意外だったのが、私の中で占いは「何年後に結婚、何年後に子供ができて……」と人生プランを聞くようなものだと思っていたんですけど、人の心を読んでほしいという占いがすごく多いらしいですね。人の心の中は不可侵な領域だと思っていたので、驚きました。この人はこう思っている、このくらい愛情があるというのは、言葉では嘘(うそ)もつけるので、自分の感触や態度で確かめるしかないじゃないですか。

鏡　『占』の中でも多いですよね。「時追町―」「山伏村―」の他に、まさに「北聖町の読心術」という一編がありますが、あの人の気持ちを知りたい、というのが占い相談の鉄板ネタなんですね。好きでいいのか、待っていていいのか。

木内　直接相手に確かめる勇気はないけれども、でも知りたいということですね。ただそれをやると「時追町―」の桐子（とうこ）さんのように、占いジプシーになっていくという。その心理もすごく興味深いです。

鏡　そうですね。あまり大枚をはたくのはだめですが、ぐるぐる迷うのも多少はいいのではと僕は思うんです。それは一種の儀式で。キャンディーズに「ハートのエースが出てこない」という曲があって、まさにその歌詞の世界です。

木内　どんなものでしたか？

鏡　あの歌詞は秀逸で、恋占いを「あいつの気持ちがわかるまで」「やめられないこのままじゃ」なんです。

木内　その頃からあったとは、それはもう真理ですね。ただ、いい目が出るまで通う。もしいい目が出ても本当かと結局もう一回聞きにいく、というようなループになる人もやっぱりいそうです。

鏡　そうですね。易やタロットは二回やらないというのが基本ルールにありますが、僕はもしお金がかからないなら朝までやってもいいじゃない、どうせ悶々（もんもん）として寝られないんだからと思います（笑）。

木内　占いの種類で考えたときに、星占いとタロットの一番大きな違いはどういうものでしょうか。根底はつながっていてもアプローチが全然違うのかなと思っていました。

鏡　本質的には、どちらも偶然性を基にするという点では一緒だと考えています。ただ、タロットのほうが絵を使うので受け手のインパクトは大きいですね。

木内　星占い、占星術は生まれた日付でみるので、ある程度統計的なものかと思っていたのですが、それはどうですか。

鏡　ごく一部にもしかしたら何かあるかもしれないしないかもしれない、といったぐらいで、逆に統計を取ったら、はっきりと「当たらない」ことがわかっているんです。だから占星術は一回性のものですね。

木内　そうなんですね。

鏡　それを言うと、以前は一部の同業者に嫌われたんです。「これは学問で、霊感やタロットと同じじゃない」と。

木内　そういう印象があったんですね。鏡さんとしては、霊感、スピリチュアルの分野と占星術の分野では区別はありますか。

鏡　いわゆるスピリチュアルと呼ばれる領域と占星術には、僕の中でも区別がありま す。実際に昔は細くて深い溝があったように感じますが、それが今はオーバーラップ、つまり一部が重なってきているかなとも思います。もともと外から見たらそこの区別がつかない人も多いでしょうしね。

木内　別の分野ですが、以前経済学でも最終的に説明できない部分が結構あり、どこかスピリチュアルな方向にいくときがあると、聞いたことがあります。数字できっちりかためていくものだと思っていた分野も、突き詰めると、何か不思議な世界に入っていくのだなあと驚きました。

鏡　そうですね。数字も人間が発明したのか発見したのか分からないというものでし。

木内　はい。天文学も完全に科学で解明しようとすると無理が出て、そこに〝非科学的〟な要素が入るんだろうなと。それも、占いをはじめとした不思議なものがなくなりはしない理由なのかなと思いました。

鏡　宮台真司（みやだいしんじ）先生風に言うと、「この世界の根源的未規定性」ですね。世界がなぜこのように動いているのか誰も説明できず、結局神や宇宙の法則と言わざるを得ないような、わからなさ。

木内　その神秘性が人間の精神構造と密接に結びついていて、知れば知るほど面白いです。でもそれを変に利用する団体も出てくるわけで、それが、占い自体をちょっと得体のしれないものに勘違いされる所以(ゆえん)なのではとも思いました。長く歴史があって密接に生活に関わっている、かつ不確かで勘違いもされやすい面もある、そんな両面で成り立ってしまう分野が他にはないというか。

鏡　本当ですね。それは占いをやっている側が気をつけなければならないことでもあります。あとは、体系的な占い自体は時代的、文化的な産物にすぎない、という当たり前のことを皆さんが理解していれば、変な方向にはいかないようにも思います。

占いとどう生きていくか

木内　私は「時追町―」の桐子さんと一緒で、『占』を書くに当たって様々な占いをしたときに、物凄(ものすご)く分析しました。複数の占い師の方の話を、ふーんと半分ぐらいで受け止めればいいものを、「この人はこう言っていた、でもこの人はこう言っている」と分析的に考えてしまうので、やっぱり占いに向いてないのかなと（笑）。それを彼女に反映したんです。

鏡　「深山町(みやままち)の双六堂(すごろくどう)」でご近所の採点表をつくる主人公も書かれていますが、割とそういうデータ集めがお好きなんですね。

木内　結局楽しめないというか、変に受け止めてしまうというか。

鏡　でもそういう方のほうが、自分の経験則内で統計できてしまうと強固にハマったりするんです。

木内　そうなんですね。どういう付き合い方が一番いいんでしょう。

鏡　ふらっと気軽に遊ぶくらいの姿勢がいいと思います。

木内　すごく真理を突いたことを言われると、そんなに簡単に流せなくて。言霊(ことだま)じゃないですけれど、言葉はすごく残りますよね。それを過剰に受け止めてしまう面もあり……。

鏡　そうですね。なので、知り合いのイギリスで訓練を積んだ占星術師たちは、基本的に断言しないようにしていますし、「私たちは予言はできないし、占星術がどう当たるか分からない」と断った上で見るようにしていました。

木内　占いはカウンセリングのような面もありますよね。

鏡　はい。似て非なるものかもしれませんが、占い師と心理療法士はかなり近い存在だと思っています。

木内　依存してしまう人もいるのではないですか。

鏡　そうですね。「占いが当たる」というのはその人の胸を打つということだと思っています。人が「当てられた」と感じるとき、それは自分の人生の出来事に意味があったと、肯定された気持ちになる。それはいいことですが、極端に肯定や安心を占いに求める気持ちが依存につながってしまうのか、ストーカー被害にあう占い師もいます。あとは相談によって占い師も負の感情を受ける面もありますね。

木内　やはり受けてしまいますよね。鏡さんはどうなさっているのでしょう。

鏡　僕は自分が話したいタイプなので（笑）、個人鑑定はやらないんです。でも不思議なのは対面が好きな占い師もいるんです。人の悩みを聞くのが、武術試合、空手の乱取りみたいな感覚らしいです。

木内　負担ではないということなんですね。

鏡　はい。ボクシングの試合みたいに真剣勝負の緊張感がいいそうで。

木内　占術の種類だけではなく、アプローチの仕方、それは占い師の方も聞きに行く方も、本当に様々ですね。受け取り方や付き合い方も違いますし。『占』を書いて、また今日のお話を受けて、やはり「占いとは」と一概に定義づけられない深い世界だと実感し、そこがまたすごく面白く思いました。

鏡　そうですね。『占』では木内さんが多彩なバリエーションで、占われた側、そして占う側の心の動きを見事に描いてくださったので、占いを斜めに見るような人にも是非読んでほしいと思いました。何より拡大する自由の一方、旧態依然とした縛りにもがく姿は、現代の女性たちとつながっています。人類の隣で変遷し続けた「占い」を通してこそ見える、「今」の物語でした。

（令和四年十二月、新潮社にて）

この作品は令和二年一月新潮社より刊行された。

木内昇著 **球道恋々**

弱体化した母校、一高野球部の再興を目指し、元・万年補欠の中年男が立ち上がる！　明治野球の熱狂と人生の喜びを綴る、痛快長編。

青山文平著 **半　席**

熟年の侍たちが起こした奇妙な事件。その裏にひそむ「真の動機」とは。もがきながら生きる男たちを描き、高く評価された武家小説。

芦沢央著 **火のないところに煙は**
静岡書店大賞受賞

神楽坂を舞台に怪談を書きませんか――。作家に届いた突然の依頼が、過去の怪異を呼び覚ます。ミステリと実話怪談の奇跡的融合！

井上ひさし著 **父と暮せば**

愛する者を原爆で失い、一人生き残った負い目で恋に対してかたくなな娘、彼女を励ます父。絶望を乗り越えて再生に向かう魂の物語。

池波正太郎
山本一力
北原亞以子著
山本周五郎
藤沢周平

たそがれ長屋
―人情時代小説傑作選―

老いてこそわかる人生の味がある。長屋を舞台に、武士と町人、男と女、それぞれの人生のたそがれ時を描いた傑作時代小説五編。

伊藤比呂美著 **道行きや**
熊日文学賞受賞

夫を看取り、二十数年ぶりに帰国。〝老婆の浦島〟は、熊本で犬と自然を謳歌し、早稲田で若者と対話する――果てのない人生の旅路。

井上荒野著
あたしたち、海へ
親友同士が引き裂かれた。いじめる側と、いじめられる側へ――。心を削る暴力に抗う全ての子供と大人に、一筋の光差す圧巻長編。

今村翔吾著
八本目の槍
吉川英治文学新人賞受賞
直木賞作家が描く新・石田三成！　賤ケ岳七本槍だけが知っていた真の姿とは。歴史時代小説の正統を継ぐ作家による渾身の傑作。

江國香織著
ちょうちんそで
雛子は「架空の妹」と生きる。隣人も息子も「現実の妹」も、遠ざけて――。それぞれの謎が繙かれ、織り成される、記憶と愛の物語。

織田作之助著
夫婦善哉（めおとぜんざい）　決定版
思うにまかせぬ夫婦の機微、可笑しさといとしさ。心に沁みる傑作「夫婦善哉」に、新発見の「続 夫婦善哉」を収録した決定版！

小川洋子著
いつも彼らはどこかに
競走馬に帯同する馬、そっと撫でられるブロンズ製の犬。動物も人も、自分の役割を生きている。「彼ら」の温もりが包む8つの物語。

恩田陸著
歩道橋シネマ
その場所に行けば、大事な記憶に出会えると――。不思議と郷愁に彩られた表題作他、著者の作品世界を隅々まで味わえる全18話。

小川糸著

サーカスの夜に

ひとりぼっちの少年はサーカス団に飛び込んだ。誇り高き流れ者たちと美味しい残り物料理に支えられ、少年は人生の意味を探し出す。

梶尾真治著

黄泉がえり

会いたかったあの人が、再び目の前に――。死者の生き返り現象に喜びながらも戸惑う家族。そして行政。「泣けるホラー」、一大巨編。

河合隼雄著

こころの処方箋

「耐える」だけが精神力ではない、「理解ある親」をもつ子はたまらない――など、疲弊した心に、真の勇気を起こし秘策を生みだす55章。

川上弘美著

ぼくの死体をよろしくたのむ

うしろ姿が美しい男への恋、小さな人を救うため猫と死闘する銀座午後二時。大切な誰かを思う熱情が心に染み渡る、十八篇の物語。

角田光代著

平凡

結婚、仕事、不意の事故。あのとき違う道を選んでいたら……。人生の「もし」を夢想する人々を愛情込めてみつめる六つの物語。

金原ひとみ著

軽薄

私は甥と寝ている――。家庭を持つ29歳のカナと、未成年の甥・弘斗。二人を繋いでしまった、それぞれの罪と罰。究極の恋愛小説。

占(うら)

新潮文庫　き－49－2

令和五年三月一日発行

著者　木内(きうち)昇(のぼり)

発行者　佐藤隆信

発行所　株式会社新潮社

郵便番号　一六二―八七一一
東京都新宿区矢来町七一
電話 編集部(〇三)三二六六―五四四〇
　　 読者係(〇三)三二六六―五一一一
https://www.shinchosha.co.jp

価格はカバーに表示してあります。

乱丁・落丁本は、ご面倒ですが小社読者係宛ご送付ください。送料小社負担にてお取替えいたします。

印刷・大日本印刷株式会社　製本・株式会社大進堂

ISBN978-4-10-101882-9 C0193